石牟礼道子

言魂《ことだま》

多田富雄

藤原書店

言魂——目次

言魂

ことだま

第一信

受苦ということ

多田富雄

石牟礼道子 様

二年来の念願のお手紙を、こんな状態で差し上げるのはまことに不本意ですが、私の健康上のこととお許しを下さい。その上、夏に手紙を書き始めてから事故続きで、こんなに時間がたってしまいました。今日は年を越して、節分です。病気のためとはいいながら、真にお恥ずかしい次第です。気を取り直して書き終えることにします。

遅れたのは、初め予期せぬ入院が入ったからでした。前立腺癌の手術のためでしたが、その後の合併症のほか、暮れからは気管支喘息やら筋肉の痙攣やらに次々に襲われ、意気阻喪してしまったのです。頑健だった私がこんなになるとは、夢にも考えたことがなかったのですが、今は病気のデパートのようになってしまいました。

病気のことなどぐだぐだ書く気は毛頭ありませんが、私の「苦海」からのお便りをお送りするためには、まず私の置かれた状況をある程度お話ししてからのほうがいいと思います。

ご承知のとおり、私は五年近く前に脳梗塞の発作に見舞われ、右半身の完全な麻痺に加えて重度の言語障害が重なり、まだ一言も言葉というものをしゃべれません。幸い右麻痺にもかかわらず、失語症にも失認症にもならず、知的には何の障害も起こりませんでした。

しかし、高度の嚥下障害という後遺症を残し、食物や水を飲み込むのが困難となりました。私にとって、食事の時間ほど苦痛なときはありません。

まさに地獄です。

ほんの小さいもの、たとえ納豆一粒でも、気管に入ったときの苦しみはたとえようもありません。麻痺のために、排除するための咳払いさえできず、スポンジブラシで喉の奥を突いて、強制的に咳を誘発して吹き飛ばすほかありません。それを怠ると、肺炎の危険が待っています。

ですから義務的に食らっている。それほど苦しいなら、なぜ物を食らって生きる努力をしているのかという疑問がわいてきます。答えはありません。実存的な本能的避難欲求からとでも言うほかありません。

右半身の麻痺は、もう固定したものになりました。自由に歩くなど、夢にもできないことは承知しています。でも、時々歩いている夢を見ます。もうこれ以上よくならないことはわかっていても、退歩することを恐れてリハビリを続けている。

おかげで、杖にすがって立ち上がることだけはできる。それだけでも生きている実感を持つことができます。嬉しいことです。直立二足歩行のできる、ホモサピエンスの権利を少しでも主張できるからです。そのために、シジフォスのようなつらいリハビリの訓練を続けているのです。

昨年の春には、前立腺癌が見つかりました。試験穿刺を受けるために東大病院に入院しました。結果は、すでに骨盤内リンパ節に転移があり、切除は不可能な段階でした。ホルモン療法といっても、積極的なホルモン投与療法では、脳血栓の再発を招くというので、睾丸を摘除する「去勢法」だけを受けました。

睾丸がなくなると、今までの男性としての自分が失われるのではないかと危惧しましたが、そんな心配はありませんでした。宦官のような無気力で意地悪な存在にもならず、かえって若いころ私を苦しめ続けた煩悩が、一掃されたような清々しい感じになっていることに気づきました。まるで清浄な少年に戻ったような気持ちです。これも新しく生まれた「自己」であることを実感しています。

私の「玉取り物語」はこれで済んだはずですが、一難去ってまた一難、入院中に尿路結石が見つかり、そこにMRSA（多剤耐性菌の一種）の院内感染を起こして、高熱を発して入院期間がまた延びてしまいました。痛みと熱で体力を消耗して、ほうほうのていで逃げ帰りました。いまだに細菌は払拭できず、頻尿と排尿困難で苦しんでいます。腎盂炎《じんうえん》になったらいちころです。

こうなると、つくづく病院というところは、患者を絶望させ、衰弱させる装置と知りました。娑婆からは隔離され、病人の掟にどっぷりと漬かっていなければ生きてゆけない。

退院後も尿道に管（尿道カテーテル）を入れられた生活を余儀なくされました。いつもお尻に焼け火箸を突き刺されているような痛みに耐え続けなければなりません。

私の摂食障害は、毎食後咳と痰に悩ませられるのですが、咳をするたびに、尿道カテーテルのあたる部分が、例の焼け火箸でかき回されるように痛むのです。まさに針の山にいるようです。

感染を一掃するためには、大量の水を摂取しなければなりません。でないと、尿は膿でコーヒー牛乳を薄めたようになり、尿カップの底が見えなくなります。私は自由に水が飲めないから、毎食後妻に水を管で補給してもらわなければなりません。

このような苦しみの中でも、以前のように自殺の願望が湧いて来ないのは不思議です。脳梗塞発作の直後は、毎日死ぬことばかり考えていたのですが、今は死が目の前にぶら下がっているのに、気がつくと知らず知らずそれを回避するように努めているのです。

もちろん、死が怖いからではありません。死を待ち望む気持ちは今も同じです。でも自分から死ぬことは、もう考慮の外にあることを知っているのです。

私にとって、日常とは本能的な死との戦いです。終わりのないリハビリに汗を流すのも、物を食べるのも戦いです。苦しみが日常になっているから、もうそれに耐えることも日常になったのです。

今やっと尿道カテーテルが抜けて、自力で用が足せるという人間らしい気持ちを回復したところです。そんなささやかな幸福感を味わう毎日ですが、それを浄土と呼びたいくらいです。

久しぶりに家に帰って風呂につかると、つくづく自宅というものはいいものと感じます。心安らかにこの娑婆に過ごせるようにと、祈るような気持ちです。

前置きが長くなりましたが、この往復書簡を始めても途中で中断しないとも限りません。でもこんな末期の目を通して、石牟礼さんと双鯉（昔の人は味な言葉を使ったものです）を交わすことができるとしたらうれしいものだと、気を奮い立てて第一便を書いている次第です。

石牟礼さんとは、七、八年前に熊本市で行われた学会で講演したとき、熊本大学の山本哲郎先生に伴われて、真宗寺でしたでしょうか、お寺の和室で、何人か車座になってお話ししたことを思い出します。人間学研究会という名の集まりでした。たった数人でしたが、熱心に私の『生命の意味論』を材料に議論しましたね。そのとき、あなたは地味な和服をお召しになって、正面に座って終始微笑みながら聞いておられました。

聞けばこの会は、大倉正之助さんを招いて大鼓《おおかわ》を聞いたり、一冊の本を数回にわたって熟読し、かつ論評するなど、熊本という地方の文化の中心となる活動をしている会でした。

その後、この会で出している『道標』という雑誌を送っていただき、地方誌では群を抜いたレベルの知的活動を展開しているグループであることを認識しました。こんな会で私の本を読んでいただいたのは本当に幸福でした。この会の中心に石牟礼さんがいることを、そのとき知りました。

私は石牟礼さんの本は、昔『苦海浄土』の第一部「春の海」を読んだだけでした。しかしこの会に出席し、こんな仲間に恵まれているのなら、私も熊本に住んでもいいなとさえ思ったものです。石牟礼文学が、不知火の海の匂い濃い地方文学であるまさにその故に、普遍性を獲得した世界の文学になっているのは、こういう環境で物を書いているからだろうと思いました。

今は全集も刊行されていますが、不幸なことに箱入りの重い本は、私には自由に読むことが出来ません。左手だけでは開けないからです。必要に応じて、妻に開いてもらって参照しなければなりません。だから記憶に誤りがあったら、お許しください。

お話ししたいことは山ほどあります。東京で二度とも拝見した、新作能・『不知火《しらぬひ》』をめぐって、同じ新作能作者として、申し上げるべきこともたくさんあります。それを糸口に、新作能全般のこともお話ししたい。

何より水俣を端緒に見た人間の運命、そこに生きる「受苦」の意味のこと。ますます絶望的な地球の汚染をどう考えるのか、魂の救いはあるのか、などいろいろあります。

また、石牟礼文学に色濃く流れている、母性ではなく「姉性」についても聞いてみたい。あなたの優しさの原点であると同時に、女としてのあなたの実存がそこにあると思うからです。

私は曲がりなりにも科学、それも生物学をやってきた人間です。水俣に象徴される生命環境の汚染は、生物全般の生存を脅かすものであることに気づかぬわけはありません。しかも汚染は地球環境にとどまらず、内部世界、つまり人間の魂を犯し続けています。内部世界の汚染、危機をどう告発するのかも話題にしたい。本当に救いはあるのでしょうか。今、生命と魂のことを語れるのは、石牟礼さんくらいだとさえ思うからです。石牟礼さんの切り口で、死に瀕している都市や文明の行先も話してください。そんな願いでこの往復書簡を始めることにします。

まず、『苦海浄土』の哲学的意味について教えてください。この言葉は、なんという懐かしい響きを持っていることでしょう。でも仏教の素養のない私には、その真の意味はわかりません。私も苦を見たからいっそう分かるのですが、水俣の苦しみはまさに苦海です。それを浄土と見たのは石牟礼さんの哲学です。なぜかとずっと思ってきたのです。

私は自分が苦の世界に投げ込まれてから、私なりに分かってきたと思いますが、苦海に生を受けていることを受容するとき、初めて見えてくる世界があります。それが浄土なのではないかと思っていますが、まだそれ以上はわかりません。教えてください。

人身売買で、「苦海」に身を落とした女性が、そこを浄土になぞらえ救いを求めたのは、西行と江口の遊女の逸話が象徴的に示していますが、私はあなたが水俣の永遠の「苦」を、「浄土」と見たのは、同じような理由があったのではないかと思っています。この辺の事情を教えてください。

人間は受苦によって成長しますが、気を許すと人格までが破壊されます。今は苦しみと対抗して、何とか魂のほうが優位に立つことが、私のささやかな生きがいになっています。いやいや、まだ破壊はされてはいないぞと、毎日勝利宣言をしているのが心の支えになっています。それも浄土かなと思います。

去年(二〇〇五年)は病気を通して自分と向き合う日が多かったのです

が、その間に広島の「鎮魂」と長崎の「復活」を描いた二つの能を書きました。私も不自由な体で、広島、長崎に参り初演に立ち会いました。まだ不満足なものでしたが、おいおい手を入れて完成してゆくつもりです。能という劇は、やってみなければわからない。「してみてよきにつくべし」というプロセスが必要な演劇です。

広島の『原爆忌』では、いまだに尽きぬ恨みに、胸が引き裂かれる思いでした。『長崎の聖母』の浦上天主堂での公演では、場所（トポス）というものの力に圧倒される思いでした。いずれこの能についてはゆっくりお話ししましょう。

そのほか昨年は、年間に五つもの私の新作能の作品が上演または再演されました。五月には釜山演劇祭で、戦争中の朝鮮人強制連行に材をとった『望恨歌《マンハンガ》』が、韓国で初めて上演されたし、七月には、世界物理年の公式行事として、アインシュタインの相対論を扱った『一石仙人』が再演されました。九月の『無明《むみょう》の井《い》』は、臓器移植と脳死を扱った旧作です。その間に、NHKスペシャルの撮影がはいったりで、石牟礼さんへのお手紙も書けなかったのです。やっと年を越した今日、節分の日に何とか完結し、お送りできることになりました。

そんなわけで、今回は半年がかりの気の抜けたお手紙となりました。もうこれ以上は延ばせないので、これでお許し下さい。

ことのほか厳しい寒気が日本列島を覆っていますが、初午が過ぎるころには、陽気も戻り手足も伸びてくるでしょう。春を待つ心は、障害を持つものには格別の意味があります。九州も雪と聞いています。石牟礼さんも、どうかお大切にお過ごし下さい。

二〇〇六年節分の日

多田富雄

第二信

なふ、われは生き人か、死に人か

石牟礼道子

多田富雄 様

ここ熊本ははや酷暑の予感のする季節に入りました。光の霧をまとったかのようであった新緑の山々も、たけだけしい熱気をはらんできて、わたくしのもっとも苦手な夏が来ようとしています。

ご闘病のお姿の壮絶さに息をのんだまま、言葉という言葉がむなしくくだけ散ってしまったここ二ヶ月でした。熊本にお見え下さいました日のことは、お目にかかれた「人間学研究会」全員が印象ぶかい日として胸にきざんでおりました。この会は今も続いており、この度の往復書簡第一信に、お書きとめいただいたことを、とても光栄だと口々に申しております。

いちばん年少であった辻信太郎さんの日記によると、お見え下さいましたのは一九九八年一月十八日、日曜日でございました。わたしどもの親しくしておりますす真宗寺に場所を借り昼食会をかねていました。お帰りの飛行機の時間がせまっていたにもかかわらず時間をやりくりして下さいまして、はなからお名残り惜しい気分でございました。

本堂で「ロの字形に先生を囲んで質問形式で話を進め」、その時放送中であったNHK人間大学の録画撮りのウラ話や「着用しておられる蝶ネクタイの話などして」楽しい雰囲気ではじまりました。やはり年少の榎田弘さんが「昨日の講演内容について少しお話を」とお願いし、先生は免疫とスーパーシステムについて真摯に話されました。人間学研究会でも問題になった点であり、質問が集中、相当真剣にみんなで『免疫の意味論』と『生命の意味論』を読みこんでいたものと思い出されます。このときわたくしはかねて気にかかっていたことをおたずねいたしました。臓器移植にさいして、その提供者のことを「ドナー」といいますが、人間を表わしていないのではないか。用語からしておかしいのではないでしょうか。すると先生は申されました。

「私もそう思います。臓器を確保することをハーベスト（収穫）と呼ぶのです」

あれから八年経ちました。臓器移植技術は進歩しているかにみえ、臓器は公然と売買されているとききます。

先生は新作能で『無明の井』をお書きになりました。題材は心（臓）の病で死にかけた富める家の乙女に、嵐で亡くなりかけた壮士の臓を医師らがとり、移植して、乙女はしばらく蘇生します。けれども、おのが余命の罪業を深く知って水なき命の井戸を汲みはじめます。壮士の霊があらわれそれを止め、二人とも井戸の中に入るようにして消えうせ、この里の井戸のことごとくが水涸れした、という筋立て。弔いの旅の僧が出てきます。多田先生だと思います。しかし旅の僧とて、幽明の境にはいりこんでいる人であるのはいうまでもありません。

水涸れした里とは今の日本、あるいは二十一世紀の人類の魂のありさまだと読みました。

うらもなく臥しけるに
魂魄のみははや去りて
命《めい》はわづかに残りしを
医師ら語らひ
氷の刃、鉄《くろがね》の鋏を鳴らし
胸を割き、臓《きも》を採る。

怖ろしやその声を
耳には聞けども身は縛られて
叫べど声のいでばこそ。

シテ　〽なふ、我は　生き人か、死に人か。

（本カケリ）

地謡　〽無明の森の深き闇、
鬼火らに導かれて、
道なき小径たどりつつ
鉛色に光るは
三瀬の川の渡しなるや。
荒けなき渡し守、
亡者をせきたて追つたつる

奪衣婆《だつえば》にひきはがされて
乗らむとすれば　渡し守
「生ける者は乗るまじ、
亡者の側を離れよ」とて
櫂を以ちて打ちすゆる。
死の望みさへ断たれたる、
身を喞《かこ》ち、命《めい》を嘆き、
おらび哭くばかりなり。

ツレ　〽乙女もしばし永らへて、
仮の命を継ぐ水の
暗き心の鬼となって
つひに空しくなりにけり

地謡　〽ともに生死の海に迷ひ

霊肉のあはひにせめらるる
この永劫の苦しみを、
浮かめ給へや御僧とて
また古井戸に入りにけり
また闇の底に入りにけり。

命が束になって吐血しているかのような二十一世紀の幕明けとなりました。「なふ、われは生き人か、死に人か」とはひとごとならぬ現実だと思います。まことに無念でございますけれども、万民たちがあとからしか意味づけられぬ予知能力を担ってしまった人として、多田先生はお生まれになったのではないか。そこから先は神の領域という所まで、超《スーパー》システムと免疫論をおすすめになられたのではないか。その入り口に「鏡の間」というものがしつらえられて、能舞台が浮上していたのは、わたくしどもにとっても救いでございます。このことはあとでじっくり考えてみたいと存じます。

先生がいみじくも申された、「人類が根源的に持っている劇的衝動」が手がかりになりそうでございます。

さて拙著『苦海浄土』の哲学的意味をのべよ、との仰せ、確たる信念もありませず恐縮でございます。ただ私には生い育った環境もありまして、現世が奈落だという感じはかなり幼い魂でとらえておりました。言葉で先に知っていたわけではなく、まわりの人間苦はよくわかりましたし、子どもであるがゆえになおさらそこに沈淪している感じは深かったと思います。『椿の海の記』『あやとりの記』にいささかそこらあたりを記しました。ほとんど無文字の、全く自己を持たないかのような田舎の世界でしたが、ここには虚無的捨身ともおもえる優しさが生きておりました。

づかづかとはいりこんでくる他者にさえ、無私に近いほどな親切をそれとなくほどこし、気どられないように居心地よくさせてお帰りいただく、と書けば、打ちあけたくなるのですが、母につらなる世界のことでございます。

その死の一週間ほど前、長年の気がかりをたずねました。

「いったい、あなたがいくつくらいの時、おもかさまは、ああいうふうにならいましたと」

おもかさまとは狂女であった祖母の名です。母はしばらく考えておりましたが、くぐもった声で申しました。

「うーん、十時分《とお》じゃったろか」

そんなに幼い時分からとは思っていませんでした。ややあってまたたずねました。

「十時分から!……学校どころじゃなかったなあ……」

「まあねえ……、学校も大事じゃったが、自分の方が、親にならんばち、思い思いしよった」

十になるやならずの女児が、発狂した実の親を抱えて、今日から自分の方が親になろうと決心したというのです。のどやかな愛らしい顔立ちでした。曇りの深い表情はしても怒声を発したことはありませんでした。父は、この世でもっとも位の高い人にかしづくごとくに狂女に接しました。しかしけたはずれの大酒乱でした。口癖は、

「この世の根本とは何か。道をつくることぞ」でした。道路工事が彼の熱情のあらわれでした。

チッソがこの地に来たのが明治末年、祖父の代に対岸の天草から出てきて、チッソの積出し港をつくったのが大正半ば。

蒸気船が出来て祖父の甥が船長をつとめ、一族の行動範囲は一気にひろがり、天草・島原・長崎と人のゆき来は絶えず、島原に妾宅をかまえてい

た祖父の道路請負事業は着々と発展しているかにみえました。天草周辺の人材を集めての事業でした。父は養子に入ることを拒んでいましたが、道造りは道義だからと祖父を助けていました。

「この世の根本にかかわる土木事業の、目に見えん基礎工事がなおざりになっとる」

基礎工事とはなにか、石垣とはなにか、というたてまえはあっても、じっさいに基礎から始めてみると、この工事は「おそろしく山を食う仕事」でした。手持ちの山を売るより資金の出所がなく、「食わせる山が無《の》うなって」百姓になる過程で祖母が発狂します。土木工事用の石積舟など損傷がはげしく、船大工さんや人夫衆のまかないなど、気骨の折れる仕事は、機織りだけが好きだった祖母には向かなくて、心が破綻したのは、祖父の蒸気船をやとっての島原通いも内因の一つだったでしょう。

天草の島で食うに困らぬ程度の田畑と石工という技術者集団に囲まれ、

飛地めいた水俣に山など持って、うらうらと暮らしていればよかったものを、〝会社〟（チッソ）などという近代的なるものが来たために、存在ぐるみ物狂おしくなっていったのはわが一族だけではありませんでした。

チッソの積み出し港を築いた勢いで、そこから田んぼを貫く一本道をつくると、両側に家が出現して〝栄町〟と名づけられました。まず、米屋、たどん屋、酒屋、馬の蹄鉄屋、遊女屋、髪結屋、紙屋、大きな小学校が出来る。学校の小使いさんの家、文房具屋、タバコ屋、竹輪屋、染屋、鍛冶屋、船員さんの家、チッソ工員の家も一軒ありました。わたしの家は石屋で天草流れといわれ、ほかに薩摩流れ、熊本流れ、ブラジル流れといわれる家もありまして、遠そうなブラジルのそのまた前は、どこから流れた家だろうと大人たちが話していました。

工場の横の一本道は馬車がゆき来し、海の向こうの島原、長崎、唐、天竺とやらにまでもつながるのです。売られてきた十五、六の娘のことや逃げ出した女郎のことはすぐさま噂になって、「たとえ唐・天竺まで逃げようとも探し出して、首に縄つけてそ曳き戻す」と遊女屋の親方がいきまいているのをよくききました。そ曳くとは、地面に曳きずってゆくの意です。「元値のかかっている妓たちじゃ。決して銭失いはせん」という男が、「妓たち」の生ま身の首に縄をつけてそ曳きまわすイメージは生々しいものでした。

あちこちの山を食って出来た道を、初々しい姉さま女郎が首に縄をつけられ、曳きずられてゆく。刺殺された十六女郎の解剖に立ちあってきて、「今夜はわが家で通夜ぞ」と哭いていた父。道路さえつくらなければ女郎屋は来なかったのでしょうか。昭和初期恐慌時代といわれています。人身売買は日常、酒のみ話になされておりました。

妓たちは、わたしの祖母にたいへん優しくしてくれました。昼風呂帰りの洗い髪姿で、

「ばばさま、ほら、そこは水たまりじゃ」と手をのべます。年のころは十五、六から二十も半ばくらいまで。祖母は気がふれている上、盲目でして、人さまから手をふれられるのを極度に嫌がる性でしたのに、先隣の素顔の妓たちの、もとは島育ちというのがわかるのでしょうか。

「ばばさま、こっちでござります」と声をかけられると、常になく素直な声で、「あい」と返事を返し、袖をひかれてゆくのが不思議でした。足許も目許も、脳のぐあいもふたしかな老女と、〝淫売〟とさげすまれている妓たちとの、一種の道行。風に吹きあげられる長い洗い髪。忘れられぬ情景です。彼女たちは、唯一保護できる対象として、常人ではない「ばばさま」を見出したにちがいありません。夕方の化粧を終えて客を呼ぶ嬌声とはまるで違う、野の香りを運ぶような声がわが家の前で止まり、

「そんならばばさま、またの日になあ」というのでした。

なぜ幼時の、町の情景にこだわるのでしょうか。日本資本主義が化学工

業に目ざめてゆく過程で、どのような人間たちを道づれにして、ひな型の町をつくっていったのか、もともとのコスモスとはどのような宗教感情と倫理世界だったのか、地域の伝統の様式をさまざま持った、風土の精のような人たちがどう生きていたか、私の『苦海浄土』のそもそもは、三つ児の魂に宿ってしまった人間図でございます。苦海と浄土は対概念ではなく、片方がなければ片方もありえない不即不離の現世の実存という気がいたします。

通りは生きて動き出し、正月には烏帽子姿の三番叟《さんばそう》が舞いこんで夫婦喧嘩をおさめてしまい、評判になりました。ききなれない鮮烈な、三河弁とやらの三番叟に度肝をぬかれて、正月の「初喧嘩」がおさまった由でした。

人力車がゆき来し、売られてきた娘たちを乗せた馬車が、先隣の「末廣」の前によく停まりました。町内ではこの店のことを淫売屋とよびました。町の裏側は下水溝でつながり、素掘りの溝には赤い気持ちの悪いボーフラが立ち泳ぎしていて、そのドブ板を飛び越えて田んぼへ出ると家々の裏側が見渡せました。

道というものの先端は鎌首になっていて、ゆく先々の山々を呑みこんでゆくのかと幼な心に想っていましたから、わたしは芹《せり》をつみつみ、町の裏と表を見くらべて、何やら途方もない難題を考えつめていたかのようです。というのも、売られてきた女たちのうち三人が、たて続けに殺されたり、心中を遂げたりして、一人はダイナマイトの爆死でした。「末廣」の十六女郎も、ダイナマイト心中のおひなさんも、ドブ板越しの顔見知りでした。故郷の妹でも思い出していたのか、袂から飴をとり出して、

「ばばさま方の孫女《まごじょ》なあ」と微笑していた姉さまが、白壁を血に染めて飛散した肉片になろうとは想像もつきませんでした。

「よっぽどこの世に未練の無かったとみゆる。顔の形もなかように吹き飛んで。相手の男も、どこの誰やらわからん」

「どっちが誘うたもんじゃろう」

「そりゃ女《おなご》にきまっとる」

血汐に染んだ壁を見上げ、囁き合っていた群衆の声を覚えています。

「淫売どもにかかわりおうたら、地獄ゆきぞ」

わが家では淫売などとは言わせませんでした。「姉さま」とよんでいました。彼女らと同じ島から若者たちが石工見習いに、常時六、七人寝泊まりして、「末廣」の妓たちとは視線を合わせていました。父は若者たちを躾けねばなりません。

「心ばえのよか女たちじゃが、大金のかかっとる。嫁にほしかなれば、一生働いて、貰うつもりでいよ。遊び相手と思うな。悪か病気持っとるぞ」

若者たちは目を伏せ吐息をついていました。道路をつくったはよいが、早々と女郎屋が来たのは父にとっては計算外のことだったようです。酔っぱらった眼をすえ、

「うーむ、町の発展ちゅうは何か、この世の基本ちゅうは何か」

石工さん相手に議論を吹っかけ、

「三百代言ちゅうのがこの世におる。空嘘《からうそ》ばっかりいうな」と追及するのですから、若い職人さんはたまりません。最後は必ず仏壇の前に座り込んで念仏をとなえます。家族たちを後ろにはべらせ、経文を手にとって、次のように唱えるのでした。


人身《にんじん》受け難し、いますでに受く。仏法聞き難し、いますでに聞く。この身今生において度せずんば、さらにいずれの生《しょう》においてかこの身を度せん。無上甚深微妙の法は、百千万劫にも遭遇《あいあ》うこと難し。我いま見聞し受持することを得たり。願わくは如来の真実義を解したてまつらん。

子どもにはもちろん、なんのことやらわかりません。

今思えば無学なこの石工職人が表現したかったのは、一般教養としての仏教ではなく、どん底の人間の、生存の核心だったろうと思います。この文章には生ま身が把握してゆく文言のほとばしりがあって、父はそれに魅せられたのでしょう。

巨大な蛭《ひる》の腹腔のようにもなっていった町。チッソはその中心で着々と酢酸工場を稼働させていました。命のなやましさを抱えあぐねて人々が生きている中に、幼女のわたしもすでにこの世への違和を抱えこんでおり、志はどの家でも大方破れていて、家出などを試みても、だいたい失敗していたようでした。

ああも生きたかった、こうも生きたかったと思いながら、人々は暮しの現場を高座に見立て、虚実とりまぜた語りをいたします。井戸端で、あるいは酒の座で。あまりにうまく語る人には、くすぐったさをこめて、名人！

といいます。ホラというより、芸ですから共感するのでしょう。民衆とは常に油断ならない批評家であるゆえんです。

いわゆる文化の辺境で私は育ちました。突拍子もない衝動で新作能とは名ばかりのものを書きましたが、どんなにちゃんとした曲を書きたいか、名作といわれる曲を観たいか、お教えを受けたいか、時間が欲しゅうございます。少しなりともご縁にあずかりたくねがっております。

「人間学」の仲間がこもごも話しあっております。あの昼食会にお寺特製のどぶろくを湯のみに一杯だけさしあげました。お口にされたあと湯のみを少しの間だけ眺めておられました。ひょっとしてお好みに合ったのではないか。

時間がなくて思えば残念。またの機会をつくりたいものだと、なつかしんでいることを申しそえます。

日本人の美意識はどう育ったのか、能を手がかりにお教えいただけるかとたのしみに、切実に願っております。舌足らずでお許し下さいませ。奥さまのご体調が頼りでございます。くれぐれもお大切に。

『脳の中の能舞台』、昨日今日は「間の構造と発見」を読み、深く学び、嬉しゅうございました。戸井田道三先生は忘れえぬお方で、御著で出逢い直すとは、奇しきえにしでございます。

かしこ

二〇〇六年六月十一日

石牟礼道子

第三信

老人が生き延びる覚悟

多田富雄

石牟礼道子 様

今年は長梅雨で、あなたの住む熊本では、度重なる水害が起こったようで心配でした。ご無事だったそうで安心しました。

ここ東京では、梅雨に入ってむし暑い鬱陶しい夏日が続き、梅雨らしい生命が満ちてくる六月を満喫することが出来ませんでした。梅雨は私の好きな季節です。雨もよいの曇天に、木々の若葉が翻ってキラキラと光るのは、私の大好きな風景です。異常気象の梅雨は八月になっても続き、その間中、西日本は大雨、水害に悩まされたようです。

　こんなに異常気象が頻発するようになったのは、明らかに地球が以前と違った気象環境を作ってしまったからに違いありません。人間の際限のないエネルギーを浪費する欲望に、自然が抵抗しているのです。南北アメリカ大陸では巨大ハリケーンや大水害、ヨーロッパではイベリア半島の旱魃と山火事、中国は大水害、みんな大もとでは人間が作り出した環境問題のせいなのです。二十一世紀は、この環境破壊がますます広がってゆく期間のようですが、それを反省し、抑制しようとする動きはまだ微々たるものです。温室効果を持つ炭酸ガスの規制は、全く進んでいません。それより熱効果が激しいのは戦争です。イラクのみならず北朝鮮をめぐって、この国も戦争を始めたい輩が、蠢きだしています。

　そう思っているところに、鶴見和子さんの訃報が届きました。往復書簡集『邂逅』で、一年余りテープでの謦咳に接してきました。私は声を忍んで泣きました。心の心棒が一本外れてしまったような気がしたからです。

その鶴見さんの死が、何と私がいま戦っているリハビリテーション（リハビリ）の日数制限の、最初の犠牲であったことが、私の胸に突き刺さりました。

鶴見さんは、十一年前に脳出血で左半身麻痺となったのですが、精力的にリハビリ治療をうけながら、著作活動を続けました。往復書簡でも、毎回私に新しい観点を教えてくれました。私には、日本のエコロジーの精霊「山姥」の化身に見えました。十年以上も苦しいリハビリの訓練に耐え、力強く私たちを叱咤してくれていました。しかし今年になって、理学療法士を派遣していた整形外科病院から、いままで月二回受けていたリハビリを、まず一回だけに制限され、その後は、打ち切りになると宣言されたそうです。医師からは、この措置は小泉さんの政策ですと告げられました。

その後、間もなくベッドから起き上がれなくなってしまい、二カ月ばかりのうちに、前からあった大腸癌が悪化して、去る七月三十一日に他界されたのです。直接の死因は癌であっても、リハビリの制限が、死を早めたことは間違いありません。

藤原書店刊の本誌『環』（二六号）に掲載された短歌にも、

政人《まつりごとびと》いざ事問わん老人《おいびと》われ　生きぬく道のありやなしやと
寝たきりの予兆なるかなベッドより　起き上がることのできずなりたり

の短歌がありますが、そのときの寂寥を思うと、私は胸を突かれます。

私はそんなことも知らずに、まったく別に、リハビリ打ち切りの不当さを訴えてきたのです。老人の生存権まで奪うこの改定は、基本的人権の否定だと訴え続けました。

鶴見さんが亡くなってから、彼女から、このことを通じてまた新しい観点を教えられたことを知りました。私の論点は、障害を負ったものの人権、生存権まで奪うリハビリ上限日数の撤廃を訴え続けたのですが、鶴見さんはもっと遠くのことまで眺めておられたのです。

鶴見さんは、さっきの歌に続くエッセイ「老人リハビリテーションの意味」にこう述べています。

「戦争が起これば、老人は邪魔者である。だからこれは、費用を倹約するのが目的ではなくて、老人は早く死ね、というのが主目標なのではないだろうか。老人を寝たきりにして、死期を早めようというのだ。したがってこの大きな目標に向かっては、この政策は合理的だといえる。

そこで、わたしたち老人は、知恵を出し合って、どうしたらリハビリが続けられるか、そしてそれぞれの個人がいっそう努力して、リハビリを積み重ねることを考えなければならない。

老いも若きも、天寿をまっとうできる社会が平和な社会である。したがって、生きぬくことが平和につながる。この老人医療改定は、老人に対する死刑宣告のようなものだと私は考えている。」

これを読んで、私は何か啓示のようなものを感じました。このリハビリ打ち切り改定には、単に弱者、障害者を医療から切り捨てるという政策以外に、何かもっとまがまがしいものが含まれている。その黒い正体がすっくと空に向かって立ち上がったように思えました。こんな人権を無視した制度が堂々とまかり通る社会が、知らず知らずに戦争に突き進んでしまうのを、鶴見さんは敏感に見通していたのです。予感が当たらねばいいがと思います。

この観点から見て、老人も障害を持った患者も生き延びねばなりません。鶴見さんの言うように、弱者がつつがなく生き延びられることが平和を守ることにつながるのです。その意味でも、この制度改定に反対して戦っている私たちの運動が正しかったと、山姥から力を与えられたと感じています。

話は前後しますが、この問題の発端は今年の三月の末の出来事でした。私にとっては驚天動地の通告があったのです。リハビリに通っていた病院の医師から、「あなたは四月一日からリハビリができません」といわれたのです。やっと三十メートルぐらい歩けるように回復したのですが、ここで止められたらまたじきに歩けなくなる。それどころか、リハビリを休めば立ち上がることもできなくなってしまうのは、すでに経験済みです。

なぜリハビリが出来ないかと問いただしたら、四月から診療報酬が改定されて、一部の疾患を除いて、リハビリ医療に上限日数が設けられたからだと聞かされました。疾患によって違うが、私のような脳卒中では、発症から起算して、最大一八〇日（六カ月）で打ち切られると言うのです。私はもう発作から五年もたっていますから、真っ先に打ち切りです。小泉政権の医療改革の一環で、医療費削減のためだと説明されました。

はじめはそんな乱暴なことは冗談だろうと思いました。リハビリはそんなに費用のかかっている医療ではないし、中止したら寝たきりになる人が多数いるからです。それに急に言われてもどうしようもない。しかも私たちは、力の弱い障害者です。いくらなんでも福祉国家を自称しているのに、そんなことをするわけがないと思いました。

でもそれは本当だったのです。患者の七〇パーセントが打ち切られた都立病院もありましたし、泣く泣く治療を諦めたものも続出しました。そんな患者には、鶴見さんのように中止したら寝たきりになり命を落とす人が大勢いました。

私はあまりのことに驚いて、『朝日新聞』の「私の視点」に投書しました。四月八日に掲載されたこの投書には、「身体機能の維持は、寝たきり老人を防ぎ、医療費を抑制する予防医学にもなっている。医療費の抑制を目的とするなら、逆行した措置である」「今回の改正は、『障害が一八〇日で回復しなかったら死ね』というのも同じことである」「それとも、障害者の権利を削って、医療費を稼ぐというなら、障害者のためのスペースを商業施設に流用した東横インよりも悪質である」と書いたのです。この投書は幅広い共感を呼び、私の予想しなかった国民的署名運動に発展しました。

兵庫県の医師や患者会が行ったこの運動には、たったの四十日あまりで四四万四千の署名が集まりました。これは国民二九〇人に一人が署名したことになります。このときほど言葉の力を感じたことはありません。市民運動がもとになって、フランス革命も独立戦争も、きっと水俣訴訟も、こうして始まったに相違ありません。

私は患者の皆さんと一緒に、六月三十日に厚労省を訪ね、担当官に車二台分の署名簿を手渡し、声明文を電子音声で読み上げました。そのとき泣く泣く苦しみを訴えていたポリオの後遺症の女性は、まもなく動けなくなり、入院してしまいました。鶴見さんのように命を落とした人もいます。

しかし狡猾な厚労省は、机上の空論を並べるだけで、何も対策を講じようとはしません。その間に、二十紙を越える新聞が反対の社説を掲げました。テレビなど、マスコミの取材にも、政府は見直しをするつもりはないといっています。

そこで私のような老人は知恵を出し合って、次々に新しい手を繰り出し糾弾しなければなりません。いまは一方の当事者でありながら沈黙を守っているリハビリ医学会を攻撃しています。本来なら真っ先に反対しなければならないのに、声を上げようとしない。それは間接的に、打ち切りを支持していると思われても仕方ありません。一部の幹部が厚労省の顔色をうかがっているからです。それを糾弾するために『世界』、『現代思想』などに論文を書き続けています。

これが残念ながら、私の長い夏でした。秋の陣はまだ続いてます。

そんなわけでお返事が遅れてしまったのです。すっかり話が前後してしまいましたが、まるで一編の短編を読む心地にさせるお返事を有難うございました。

やはり水俣の「苦海」と、色町の「苦界」はつながっていたのですね。そのトンネルの中で、あなたの「姉《あね》さま」が現われ、嘆いたり怒ったり、涙をこぼして共感したりしている。こういう構図が見えてきました。同情というのは、コンパッションですから、「慈悲」に通じます。

私は昨年、長崎の浦上天主堂で、『長崎の聖母』という新作能を初演しました。聖母マリアが、被爆者の老婆の姿を借りて浦上に現われ、被爆の有様を物語ります。アイ狂言の修道士が惨状を物語ると、やがて「キリエエレイソン」のグレゴリオ聖歌のうちに本体をあらわして、「早舞い」を「クツロギ」という小書きで舞った後に昇天するというものですが、浦上という「トポス」の力で感激的な初演になりました。演出は、『不知火』と同じ笠井賢一さんでした。

舞が終わって、巡礼者（ワキ）が燭台の火をおろして静かに退場すると き、期せずしてアンジェラスの鐘が鳴り響き、まことに荘厳な幕切れでした。こんなことは、このドラマの現場の浦上で上演されなければありえないトポスの力でした。

あなたの新作能の『不知火』も、現場で見たらまた一入《ひとしお》の感激だったろうと、東京でしか見られなかった私は残念に思っています。

あの「不知火姫」が、背景の不知火の荒海から現われ、弟「乙若」との再会を果たし、近親婚の祝婚の舞を繰り広げるのは、心躍る情景です。ここにも「姉《あね》さん」としての石牟礼道子がいるようです。

ここで姉というのは、母のような普遍的なものではない。全部を含みこんでしまうような絶対的な母性ではなく、同じレベルの実存的な「自己」の一部として共感し、ともに涙を流して苦しむ存在なのです。私が石牟礼さんの作品の中に感じる「姉性」は、絶対的な他者としての母性とは違った、もっと身近の存在としての優しさです。母のような超絶的存在ではない。

私は古い医者の家の長男として生まれ、生まれたときから医者の跡取りになると決められていました。その責任をいつも重く感じながら育ったのですが、歳の近かった叔母が、姉の役を果たして、いつでも庇ってくれ、私の責任のつらさを代わりに担ってくれました。

その叔母が嫁に行ったときには、何日も泣き明かしたことを覚えています。もっと大きかったら、叔母と結婚したかったくらいです。私は、いつもぼうっと夢を見ているような、頼りない少年だったそうです。この叔母がいつもそばにいて見守っていてくれたことを思い出します。

あなたは、この叔母と同じように、何もかも包み込むような絶対的他者である母のような存在ではない。力の弱いけなげな姉のように、水俣病の患者を体を張って庇護していたように思います。私はそこに「苦海」の、姉さまの目を感じていたのです。

それが石牟礼文学のひとつの特徴と私が考えている「姉性」です。「母性」ではないまなざしです。この「姉性」によって、石牟礼さんは世界の文学の中で独自のものとなって、逆に普遍性を獲得したと私は思います。

さてこの辺で私のお返事を終わりたいと思ったのですが、妻が初めて同窓会のため、三日ほど家を空けるというので、私は妹のやっている老人ホームに体験入所しました。そのことをちょっと書いて終わりたいと思います。

老人ホームは、都市化の進んだ茨城のつくば市にあります。でも田園風景に囲まれたのどかなところです。妻は糖尿病で、万一のときはここへ私を託さざるを得ないというので、まず体験しておこうとしたのです。生き延びるための緊急避難所を見ておくためです。

親戚というので、私は特別待遇でしたが、私より幾分年かさの老人たちの生活を、つぶさに見てきました。体験入所ですから、朝には車椅子でぞろぞろと歯を磨いてもらう人たちに交じって、順番を待ち、無言で洗顔し、従順な羊たちの静かな食事を見守り、一日を個室でテレビを見て過ごしました。

夜になり、共同のテレビが終わると羊たちも寝につきます。時々奇声を発する認知症の老人や、いつまでも洗濯物の整理を黙々と手伝うおとなしいお婆さん、みんな従順な老人です。ほかにデイケアーの老人たちが、ひとしきりカラオケを楽しんでいるのを見学しました。私とあまり歳の違わない老人たちの終の棲家でした。

幸い私は、妻が元気なうちは自宅で過ごすことができますが、いざとなったらここに仲間入りせざるを得ません。老人ホームはさまざまな人生が詰まっています。これを見ると、障害者である私は、できるなら楽に苦しまずに死にたいなどというずるい考えは捨てて、「老い」というものに必然的に伴う「苦しみ」を引き受ける覚悟を持たなければならないと思いました。

それが「生老病死」の必然的ルールなのだと悟ったのです。楽にぽっくりと死ぬというのはずるい考えです。老人ホームの無気力な「お年寄り」に学ぶ必要があります。そう思うと、私の「受苦」に、もっと広がりが出ると勇気が湧いてきたのです。なにぶん、あの生死の境をさまよった経験のある自分です。苦しみといっても、何ほどのことがあると、昂然として体験入所を終えて帰宅したところです。

こんなところで今回のお便りを終わります。

風光る秋の東京から
十月十五日

多田富雄

第四信

いまわのきわの祈り

石牟礼道子

多田富雄様

後髪をひかれるように、現世《げんぜ》の声を背中で聴いては、ふり返っていたここ三ヶ月ばかりでした。意識の仮死状態が続いていたのでしょうか。およそ三十数年かかった『苦海浄土・第二部』を仕上げたあと、死者たちの後を追いかけすぎていたのかもしれません。

能楽雑誌『DEN』の冒頭に発表されました「君は忿怒佛のように」を読ませていただいて、わたしは魂まるごとわし摑みにされて、妖変ただならぬこの国の日常の中に連れ戻されました。パーキンソン病の症状でもあるのですが、足の動きが一歩一歩、大地からくわえて引っぱられるようにしか歩けず、辛うじて現世にいる実感がございます。

君の名は
何とでも呼べ
悪鬼鬼神の類は
いつでもこの世に現われるものだ
血のような花弁を振りまきながら
雪の夜を泣きながら彷徨う
忿怒佛となって
怒りに身を震わせよ

九連五十行からなる詩の最終行ですが、詩的修辞は一語としてありません。その第三連。

君は
血まみれの衣を
ずたずたに引き裂き
腰からぶら下げ
仁王立ちになって睨む
口からは四本の牙をむき出し
血の混じった唾液の泡を噴く

わたしの中の死者たちも首をもたげる迫力と思います。ここ水俣では、死にゆく童女たちの眸、その母たちのこれ以上はないひたむきな目に逢ってきました。うっすらと紅さえもはいていたようであったそのまぶたをひらいて、母なる人は自分より先に死んだ幼ない娘の声でわたしにいいました。

ががしゃん（かかさん）
ががしゃん（かかさん）
しゃくら（さくら）
しゃくら（さくら）

ああ、いえまっせん
かかさんもいえまっせん
ああ指も曲がって
そらのしゃくらをさせば

指は頭蓋の後をさして
あの世のさくら
死にゆく婆さまの、爺さまの眸が
今生の見おさめのさくらをみる

ただならぬ世紀末です。視ておかねばと思います。人類史の因と果が入れ替わるのです。一人の力ではとらえることができません。死者たちよ、今こそ、あなたのいるところから崩落する海岸や山や谷、川尻などから、いまわのこの世を眺め直して下さい。ところかまわず投棄される産業廃棄物は、人間そのものだったりして。誇張でもなんでもなく、水俣ではいつでもおめにかけられる風景です。

住民たちは、この先まだまだ何が起きるかと不安を抱え、ゴミ出し日本一にせいを出し、水俣川の川尻に堆積している巨大なカーバイト残渣が野積みのままあることには目をつぶっています。これまでさんざん議論され、半分はうやむやになっている場所は、水俣湾埋立地（五八万平方メートル）ですが、今ひとつ八幡残渣プール（五六万平方メートル）があるところは、アセトアルデヒド酢酸工場廃液が水俣病の原因と疑われはじめてから、昭和三十三年に北八幡プールへ流しはじめて出来上がった堆積物で、マンガン、セレン、タリウム、鉛、錫、銅などが含まれているとは労働者の証言です。

それにしても水俣病発生の公式確認から五十年目というのに、県の認定審査会はここ二年あまり解散状態、症状の認定基準さえ国としては見定めえず、根源的な救済策も打ち出せないまま、現在に至っており、いくら何でもあんまりでございます。

認定申請や裁判を取り下げて受けた「新保健手帳」交付者　六五〇〇人

認定申請者　四八〇〇人
国賠訴訟を起こした人々　一一〇〇人

となっています。水俣市の人口はただ今二万九千人余りです。一家の歴史でいうと、祖父母が発病し、息子夫婦やその姉弟、姪や甥が発病、さらに次世代胎児性の五十代が発病して、結婚したものもおり、将来が憂慮されています。

不知火海海域の汚染の調査と患者発生の因果関係の調査を実施するよう、支援者や被害者団体がいくら要求しても、行政は責任逃れに汲々として真剣に取り組んではきませんでした。行政機関の内部にいて、この問題を突っ込んで考え詰めている人もいるようですが、そういう人の声は封じ込められていて、先生がこの度の医療改定でおっしゃるように、

「リハビリ打ち切り改定には、単に弱者、障害者を医療から切り捨てる

という政策以外に、何かもっとまがまがしいものが含まれている。その黒い正体がすっくと空に向って立ち上がったように思った」といわれるお言葉にはまったく同感でございます。

経済の高度成長を国策とするのなら、ワリを食うものをあらかじめ決めておきたいという発想があるのではないか。熊本でもリハビリを打ち切られた患者が悪化してゆくケースがどっと増えたと聞きます。この事態を冷然と見ている一団が官僚機構の中にいるわけで、わたしはアウシュビッツを連想いたします。

水俣のかくも長期にわたる意図的放置。高度経済成長の裏側に排出され続けたおびただしい産業廃棄物の不知火海への無処理投入。それは想像を絶するばかりの量で、海底をびっしり埋めつくしていましたから、徹底的にその総量を調査するとしたら、空おそろしいことになるのです。官も企業も民も、ここ水俣ではこのおそろしさを潜在意識として共有してきたのだと思います。うっかり手をつけたらどういうことになるか。

一昨年の最高裁で、事態の進行を放置した国と県に責任ありとした判決が出たあと、認定申請者が四八〇〇を超えました。これまで存在そのものを否定されてきた人々の人間宣言だと思います。この人々は人権を訴える前に、そもそもこの世にいなかった者たちとしてあつかわれていたのでした。名のり出てもらっては困る集団なのです。

昭和七年から海にどぶどぶ流しはじめて、歴代漁民たちには、「工場の汚悪水、残渣、塵埃を、漁業権を有する海面に放流する」ことを認めさせ、ものはした銭を渡して口封じをしてきた企業を助けてきた行政ですから、ものいわぬ地域住民などは、海底に添って広がるドベに等しい存在だったのでしょう。それがものいう存在として立ちあらわれてからは、「暴民」と言われたりするようになりました（工場新聞）。

これは海や山を産土《うぶすな》の風土とみる住民の意識とは天と地ほどにちがいま

す。新しい型のアウシュビッツがひそかに作られつつあると思うゆえんです。幼児たちの意識にまで食い入っているらしい今日の異常な勝ちぬき社会。人間の情緒が育つべき家庭が日常的殺戮の場になりつつあるとは。

モノとカネが生命より価値ありとされる社会で、弱者が大量に投棄される。これが単なる比喩でないことは、この水俣が、神奈川県海老名市に本拠を持つ「ＩＷＤ東亜熊本」なるゴミ処理会社に狙われて、産業廃棄物最終処分場にされようとしていることでもわかります。あまりに非人間的発想ではありませんか。五〇年以上も受難にあえいでいる水俣を、まだ踏みつけにし、息の根を止めるつもりでしょうか。

リハビリ医療が百八十日で打ち切られ、熊本でも身障者たちが涙をのんで医療現場から消えてゆく話を、私を担当している介護保険のヘルパーさんたちから伺っています。この冷酷な制度の立案者たちは、倒れてゆく人々を眺めて、よかったよかったと思うのでしょうか。人道のごときはこの国から消えるのでしょうか。小泉さんにも安倍さんにもうかがいたい。暗黒のこの現場から「美しい国」のイメージを打ち立てていただきたい。

　現世では、もはや力つきた感じであるわたしは、今こそ死者たちの力を借りたいと念じているのです。とは言っても幽霊たちによびかけたいというのではありません。いまわのきわのまなこが視た現世の景色を今一度この目に灼きつけておきたいからでございます。はじめ私は孤独な忿怒佛たちが幾体にも分かれては合体する光景《さま》におそれをなして、たちすくんでいました。反歌のようなのが胸をよぎりました。

　とげられぬ想いのごとき一と世なり
　海面にとける雪の花びら

想像を絶するご病態を抱えて阿修羅のごときお働き、政府による診療報酬改定、なかんづく、リハビリ上限日数百八十日という悪法の撤廃にとり組んでおられるお姿に瞠目しております。私ももちろん賛同いたします。かならずや、賛同する人たちの力が怒濤となり、形になってゆくと信じます。

おりしも当地では、水俣病公式確認五十年のことが痛切な話題となっております。五十年というのは公式確認からですから、確認以前がございます。

異様な噂が出はじめていたのは、その五、六年くらい前からでした。私の祖父がまだ生きていて、ひまさえあれば海に出て、沖では漁師さんたちとつきあいがありました。家中で猫を可愛がっており、子猫が生まれると祖父にたくして舟にのせ、漁師さんにさしあげていました。ある時期から、猫がかたっぱしから死ぬからもうやるまい、といい合わせたことがありました。猫おどり病といわれ、病気になった猫は海の中でもたき火の中でもとびこんで死ぬといわれていました。

人間にも豚にも鳥たちにも症状は来て、およそ六十年間、多様な病状となって発現しています。

ごく最近、私は胎児性の女性患者をたずね、亡くなられたご両親にお線香をあげてきました。三十代までは美貌で知られた胎児性の女性は五十三歳になっていました。一人では茶碗も箸も握れず、ものもいえない。「しも」の始末は自分ではできず、便は浣腸しないと出ない。視力ははかれません。

「月のものまであるようになって。男の子ならばよっぽどよかが、娘ですけん、しもの始末の時がいちばん、親娘ともつろうございます。わたしが死ねば、この娘は誰が看ますでしょうか」

そういって涙ぐんでいた母親も亡くなり、小学三年生からこの妹を看てきた十歳年上のお姉さんが今は看病していて、いわゆる施設にはあずけたくない。両親が亡くなった時、妹がみるみるおとろえたからだといってました。ものもいえず、視力も聴力もふつうになくとも、肉親の気づかいの中におきたいという願いからでしょう。

看病している姉にも症状が出てきて、両手の指をひろげて見せられました。第一、第二関節があきらかに変形していました。

チッソは去年の暮になって「時効」を打ち出しました。こういう一家に対して、いや人間に対して、罪の意識はないのでしょうか。

忿怒佛の詩行を背中に負いながら私がイメージしているのは、現代の死者たちだけでなく、特攻隊始め、かの時の兵士たちの姿です。想えば私の思春期は特攻隊にゆく若者たちと無言の別れをすることからはじまりました。同年齢の異性と口をきくなど思いもよらない時代でした。戦さにゆく男たちにかわって「銃後のつとめ」を果さねばならぬとは当時の国策でした。代用教員になりたての十六歳には、日の丸の小旗を持って出征兵士を見送る行為には一種の喪失感がつきまといました。

男手を失ってゆく生徒の家々。女ばかりになってゆく教員室。神国日本を説く教練の教師は兵役から外れている老いた男先生で、教練とは敵が目前にあらわれたとき、竹槍で突き倒すけいこをすることでした。幸いわたしは低学年受け持ちでしたので、教練をしなくてすみました。

村の田畑はみるみる荒れてゆきました。みのりかけた茄子もかぼちゃも、からいもも、まだ未熟なうちにひきちぎられるようになり、見張りを立てていると、盗みに来たのは子どもだったりしたのです。学校は色を失いました。その子の家の餓えを救う手だてを、老校長も女教師たちも知りませんでした。もちろん私も。

人間と、村と、国家と戦争とは何か。それが幼い教師の頭に宿ったテーマでした。

死ににゆくという戦士たちよ、村のありさま、家々のありさまを知っていますか。戦場のありさまはどうなっているのかしら。語り合いたい、そのことを。

人間にとって大切なことが喪われる。身悶えしている毎日でした。老校長にそのことを少しだけ話してみました。老いた校長は人の居ない時をみて校長室にわたしを呼びました。

「なあ、お前さんはまだ大人になっておらん。あと五年くらいたってからまた、今日のようなことを考えてみい。今いうたことはな、アカの人たちがいうことぞ。わしがきいてよかった。他の人間にゃ絶対いうてはならん、牢屋ゆきぞ」

わたしがこの人にそむかなかったのは、絶対温情ともいうべきものを感じたからと思います。

九十人学級に半年に一足、ズック靴の配給がありました。九十人というのは男先生が出征された学級を、女先生に分けてふくらんだ人数でした。九十人にくじをひかせ、当った一人は誰であったか思い出せません。今も胸をしめつけられるのは、生徒らの肩の破れ目に雪が降り込んでいた光景です。ボタンは千切れ、縄のベルトをしていた子。靴下もなく素足に藁草履をはいていました。彼らもそれぞれ老人になったことでしょう。私とは五つちがいで、生徒より先に泣く教師でした。

「先生、なして泣くと?」

肩に手をかけてさしのぞくのは、放課後まで残っている劣等生たちでした。この子たちの為には何でもやろうと度々思いましたが、退職しました。人間と家について、村と国家について、戦争というものについて考えていました。

兄は沖縄で米軍上陸を迎えて戦死。海軍士官だった父の弟が終戦前に佐世保から帰ってきていい残したことば。

「出てゆく船、出てゆく艦、片っぱしから沈められて、戻ってはこん。日本は負けよるぞ、絶対秘密じゃが、覚悟しておくように」

もっとも気がかりであった弟にも令状がきて、鹿児島のどこかに向けて出発しました。終戦直前でした。晴れやらぬくぐもった表情で、今にしておもえば、あの時代の若者の顔でした。この世の不条理にからめとられているような冴えない表情で無口なまま入隊したのです。幸い「外地」にやられないまま終戦になりました。およそ三ヶ月くらい兵隊になるための訓練を受けていたようですが、きびきびとそれをやりおおせたとはとても思えませんでした。積極的反抗はしないまでも、全身これ無反応という態度だったにちがいありません。繊細すぎる感受性でいつもみずから傷ついてはアルコール類をのみ、二十代に入った頃はアル中でした。

「おお姉君、一杯いかが」などということが度々ありました。ほろ酔いの声で「ここはお国を何百里」をよく唄い、合間に、家族にはわからぬ哲

学的な言辞をうわごとのように吐いて慟哭していました。母も私もものの
かげで哭きました。現世に身を置くところはなさそうなおそろしい孤独を
感じたからです。男の子はきびしく育てたい父からみれば、軍歌をうたっ
て泣くなど、何という軟弱、と思っていたのでしょう。

気がついてみたら、アル中になっている一つ年下の弟こそ、私の向きあっ
ていた最初の異性で、なまじ身近にいるだけにじつに重たく、難解中の難
解でした。まずこの弟に対して原罪感がありました。私は自分と弟の「お
紐解き」(七五三の祝い)をよく覚えていますが、私の時は衣裳も祝い膳
も長崎からとり寄せて華美であったのに、弟の時はもう家が没落しかけて
いて、「男の子じゃし、水俣の衣屋からあつらえて済ますか」ということ
になって、黒地に井の字の絣模様を着せられ、袴もつけてはいましたが、
当日は風邪までひいて、父の背中に頭をつけて蒼ざめているそのほそいう
なじに雪がふりこんでいたのが、いまでもあわれに思い出されます。何に

つけ彼につけ姉のわたしがほめられました。ほとんど致命的な辛さでした。

私の書きますものに「姉性」があるとのご指摘、よくよく考えてみると、事故死した弟への原罪感のようなものが心の奥底にございます。

終戦後、除隊になって彼が帰郷した頃、巷には「闇酒」しかありませんでした。チッソ工員となった弟は、工場内には工業用アルコールがあって、好きな者たちは内緒でごちそうになるのだと言っていました。メチルアルコールというもので、これが闇酒であり、度が過ぎると盲目になり、死ぬのだとも。限りない虚無の中をふらふらしていた若者たちの一団を無頼派とよぶべきだったのでしょうか。

戦さのよび声が解体しても、生のよろこびを持てなかった若者たちがたしかにいたのです。あの魂たちはどこに行ってしまったのか。軍隊では何を体験したのか、よっぽど非人間的な扱いを受けたらしくて、すっかり人間不信になっていました。弟は呑みつぶれて、職場をよく休みました。これが勤勉な父の気に入りませんでした。

「カーバイトの現場がどういうところか、火の中で仕事しよっとぞ。地獄ぞ」

弟は低い声で呻きました。

「カーバイトの現場！」

今ならば、隅から隅までたずねましたのに。労働とは苛酷なものだろうと通り一ぺんにしか聞いていませんでした。切れ長の眸をしていました。

「姉君、蟬丸が物語などいたしやしょう」

と言って、謡のようなものをひとふしうたうことがありました。よっぽどアルコールのおさまりぐあいがよい時でした。語るに価しない姉であったと思います。みのりをもたらさない欠損した時代をかかえて、互いに顔をそむけ合っているような青春。何という不自由さだったでしょうか。

小学一年生の時、誰にも打ち明けなかった人がいました。「末廣」の女郎を刺殺した犯人の、この弟のことを、母は、

「この世の外ばゆきなはるよ、かあいそうに」

と吐息をつきました。小学一年生ぐらいで、「この世の外をゆく人」になったその子は、みるからに良家の子らしいサージのつめ衿の服をきて、当時はまだ珍しかった黒革のランドセルを背負っていました。その兄のポンタ殺しのことはみんな知っていました。きっかけをつくって、地面に絵を画きあったり、放課後残って「書き方」をしたりしてました。二年生で転校することになった時、この子は裏の田んぼ道からきて、うつむきながら一冊の絵本を手渡してくれました。『おやゆび姫』でした。ポンタ殺しの犯人、つまりその子の兄さんは、水俣の町では誰もゆけない隣の鹿児島県の中学に通っていて、町では知られた資産家でした。『おやゆび姫』を選んでおくったのは、この子の母御ではないか、とわが家では判断しました。向こうの

家からすれば、わが家とて、人から後ろ指をさされかねない狂女の家の子とポンタ殺しの弟というおさないカップル。淡い色彩の絵本がこの子の手からほとんど無言で手渡されました。

男の子は特攻隊に行って死なずに帰り、あの飛行帽と白い絹のマフラーをつけた姿で、「溝さらい」工事の脇に立っているのに出逢いました。双方無言のまま、うつむいてすれちがいました。ひと言なりと声を出せなかったのか。

(「あの絵本、とても大事にしています」)

向うもうつむいたままでした。

十年くらいしてから同級生に逢い、彼の消息を聞きました。やくざの組に入り、死んだということでした。

まず自殺は卑怯かということについて、これを一般化して考えることはできません。打ち明けますと、死におくれの人生でした。

鶴見和子さんの辞世のお歌と、とどいたばかりの『DEN』にお書きになった「君は忿怒佛のように」と読みくらべながらお返事を書いております。

辞世の歌というものは古来、戦さにむかうもののふの覚悟から生まれたと思うのですが、いかなる時にもまなじりの凜と張っていたこの女性の、そのまなうらに「もう死にたい　まだ死なない　山茱萸の緑の青葉朝の日に揺れているなり」と書きとめられた山茱萸の緑。

死はどのように来るのかと朝晩思っているわたしには、「朝の日」の中の緑の枝がひときわなつかしく思われました。このところ、ゆかりのあった人々の死がたて続けにもたらされました。生涯の終わりが来ないうちに祈っています。哀憐ただならぬ現世のために。その平安のために。

突然ですが、亡くなった水俣病の婆さまのことを書きます。

ガタピシの箪笥のひき出しからそれをとり出してみせたとき、婆さまはこう云いました。

「花の長崎から来た帯ぞ」

赤い色とて何ひとつないこの家の中で、ひき出しからとり出されたひとすじの帯は少し時代がかって、煤色になっていましたが、充分なまめいていました。黒繻子《しゅす》を裏うちして、のうぜんかづらの花のような連続柄を織り出した朱珍の縞。彼女はその帯を一生に幾度身につけたことでしょう。

水俣駅の裏の丘に散在する小部落にまぎれこんでいる小さな家。「死んだ爺やん」が片ひら屋根なりとと願って建てた小屋は、彼女にとっては「爺やんの形見」です。半ごわれの箪笥であろうと、フトン入れの長持と共にあちら傾き、こちら傾きしている家におさまっている具合をみれば、立派な家具でした。ゴキブリが自由に出入りしているかのような箪笥の中の一番の宝物が、花の長崎からきたという一とすじの帯。

花、といえば世阿弥の「花」がちらりと思い浮かびます。

「所帯持ったころは、片ひら屋根じゃった。天草から二人とも出て来て。それが両方屋根の小屋ば建てられるようになって。大工の手ではなか、素人ながらわが手で建てて。お前と暮らそうためぞ、ち、爺やんにいわれたもんじゃった」

その時、彼女は八十も半ばくらいだったでしょうか、とり出した帯もろともにどたりと古畳の上にへたりこみました。もとは蘇芳色であったような格子柄の腰巻が少しはだけて、細い藍縞木綿を裾短かに着て、つまり、田舎の老婆のふだん着でした。やせた両の脛にはいくつもの老人斑がついていました。

投げ出された帯がさっとのびて、のうぜんかづらの花柄が、古畳の上に長々とのびました。婆さまはしばらくそれを眺め、あえぎながら帯をひき寄せ、はだけた両の脛をととのえました。

「花の長崎から、叔母さんがなあ、土産に買うてきてくれらいた帯ぞ」

「まあ長崎から」

「宝ぞ」

「宝、はい」

わたしは間抜けのように小さく答えました。「花」という言葉に胸がうづき出したのです。

爺さまの手漕ぎの舟ではとてもゆけない遠い長崎。まして汽車に乗って不知火海、有明海の縁《ふち》を通ってゆける距離ではありません。花の熊本とは云わない。花の東京などとはさらに言葉の縁《えにし》がありません。日本地図など婆さまは見たこともないでしょう。長崎に来る異人船や異人風俗にふれたこともありません。長崎ゆきの定期船など、かつてこのあたりの浦々から出たことはなかった。「花の長崎」という噂はしかし、耳にしたのでしょう。

明治末期ごろ、外国船の舷側《げんそく》に着くカキガラやフジツボなどをこさぎ落す「ガンガンたたき」を志願しにゆく若者たちがいて、牛馬の肉を食べて帰りました。村老たちが、「ご先祖さまに申し訳ない」といって泣いたという話が残っています。

草深い村の心が、まだ見ぬみやこを夢みていたことはありました。花のみやこが東京でなく、京、大坂でなく、長崎であったのが切ないところです。

「みやこ」を目ざして出郷した村々の選良たち、居場所のなかった次、三男や子女たち、村とはちがう都会ことばにあこがれ、村の服装を脱ぎ、生活習慣を替え、つまり田舎の風《ふう》から脱却してひたすら階層の上昇をねがってきた近代市民社会。地縁血縁をふりほどきたい一心で、女たちが家々からの自立を目ざしたはよかったのですが、せっかくの核家族が空洞化して、老人たちも子どもたちも家に居つきたがらず、社会の単位をなしていないけげんさ。

婆さまのやせた躰に突然まとわりついた花の長崎の帯、文化的エロスというべきでしょうか。それはのうぜんかづらの色をして、なまめかしい黒繻子のつやとともにこの婆さまをとり包みました。帯を抱き寄せたとき、婆さまは、なよりと前に傾きました。

某テレビ局に『詩篇苦海浄土』の台本を書いた時、ある舞台女優さんに頼んで琵琶を持ってもらい、婆さまの家の門口《かどぐち》に立ってもらいました。頭《ず》陀《だ》袋をかけて下さいと頼みましたが、女優さんはイヤがりました。ゴゼさん姿を見るや、婆さまはおろおろして、米ビツの底をゴリゴリいわせ、米を皿に盛って出て来ました。女優さんもスタッフもあわてましたが、間に合いません。

「頭陀袋も持たんとや?」

「唄なりと琵琶なりと弾かんかな」

それもできないと知ったときの婆さまのがっかりぶりといったらありませんでした。しばらくあわれみに堪えないという顔つきをしていましたが、さっとはだしで庭に降りました。なんとも無雑作な躰つきで大の字に腰をかまえ、ちょっと前屈して、

「さあ、踊ってみせようぞ、婆《ばば》が見本ぞ」

というや、その場で大きくゆったり舞ってみせたのです。やわらかい武技のようでもありました。両のコメカミには風邪に効くと信じていた梅干を貼っていました。

舞え舞えかたつぶり
舞わぬものならば
ほれ、馬の子や牛の子に

くわえさしょ
ふませもしょ
ほれ

『梁塵秘抄《りょうじんひしょう》』の文言を思わせましたが即興かもしれず、いつどこで習ったか、死んでしまってわかりません。大地があやつる人間の躰の至芸といった趣きでした。蓬髪《ほうはつ》の、やせた水俣病家族で、人間的威厳にみちていた婆さま。足のきめ方も、腰のすえ方も、舞をきわめた老いたる神のように、いちいち決まって、そよ風の起きるが如く和やかでした。

つぎはぎ布の米袋を〝琵琶弾きさん〟に渡すと、

「あんた今夜、どけ泊まるかな」

と心配してくれました。

大地が興にのって、しばしが間、そこらの樹々をあそばせる時があり、婆さまはそこにひょいと招かれたかのようでした。

「馬の子や牛の子に」と婆さまが唄ってゆくと、三途の渡しの門がゆったりとひらく感じでした。一族の中でもっとも重篤な孫の世話をしながら、婆さまは風にむきあって葉っぱをゆらす草のような声を出していました。

人間がいとなみはじめた文明。これはたぶん絶望的な悪魔性を自覚している人間の自己救済でしょうか。

戦没学徒兵の手記『きけ　わだつみのこえ』を時々読み、考える手だてにしております。


詞章を目にしていなくて感想を申し上げるのは失礼でございますが、奥さまからお送りいただきました『長崎の聖母』のＤＶＤ、くり返し拝見いたしております。じかな舞台に立ち逢えなかったのが、かえすがえす残念でございます。

原爆から復活のイメージがはたして生まれうるだろうかと思っていました。何を精神の核にすえたら究極の破滅にうちかつことが出来るでしょうか。ヒロシマ・ナガサキの惨害は、文明という形をとってここまできた人間精神の破局と存在の全否定でございます。これを期に世紀末的虚無の時代が到来するのではないか。それがナガサキとヒロシマに対する私の想いでした。「復活」ということばを思い浮かべなかったわけではありません。それは末期《まつご》の耳が聴きとらえた現世からの木魂《こだま》のようにひびいて消えたことばでした。

それが、新作能『長崎の聖母』を拝見して、私自身が復活を体験しつつあるのでございます。人間精神がみちびき出した破局的蹂躙にたいして、受苦を背負ったマリアが、これを舞い浄めてゆく。

再建された浦上天主堂を舞台として、爆死したあまたの信徒や乙女たち(私と同年です)の魂魄によびかけながら、古典的な能の台詞の中にグレゴリオ聖歌がきよらかになじんでゆくのには感動いたしました。とくに終り近く、アンジェラスの鐘が和楽器のお囃子と調和しながらひびいて、日本の伝統芸能が、マリア信仰と結びついてゆく秘儀の場に立ちあっている気がいたしました。

お能の装束をつけたマリアさまも初見で、琥珀色というのか、鬱金《うこん》色というのか、白地に金糸の縫箔をつけた袖の、両手をひろげても指先がかくれるくらいの広袖で舞われる長絹の装束が、圧倒的な品格をかもし出していました。

原爆は人類史の、あってはならぬ極相です。これをのりこえるには、よほどの文明的支柱をもった芸術の気高さをもって、優位に立たねばとわたしは思っていました。この新作能こそは、その日本人の伝統芸能だと思うと躰がわななわないたします。

ありがとうございます、多田富雄先生。

アナスタシアとルチアの可憐なことは、うしなわれた生命たちの永遠を念わせました。

「能」という表現で原爆に向きあうとすれば、観る側が、古代的心性を取り戻す時であろうと思いながら御作にまみえました。

能装束をまとって舞うマリアは、生命たちの精霊として気品にあふれ、もひとつのテーマである非人道性を圧倒していました。この綜合芸術が世俗の権威を凌駕してきた意味が伝わり、役柄をまとう装束の染めも織りも、演者の躰との間に絶妙な作法をつくり出してゆくのに息をのみました。

『生命の意味論』にお書きでございます。人類が近代的な言語を使いはじめたのは、「たった四万年くらい前からで、ネアンデルタール人は言葉のない静かな民族であった」と。言葉なき静かな数十万年の間「元祖遺伝子」たちは何をたくわえてきたのでございましょう。日本文化の風土について考えこんでおります。御説の「超システム《スーパー》」をこれに当てはめて。

かないますならば、そのうち詞章を読ませていただきたく願っています。
おん身いささかなりともお楽になりますように。

かしこ

石牟礼道子

二〇〇七年一月十九日

第五信

ユタの目と第三の目

多田富雄

石牟礼道子さんへ

今年は気味の悪いほどの暖冬でした。したがって春の訪れも早いようです。待ち焦がれる暇もなく、今日は早春の日差しが窓に贅沢に降り注いでいます。

私が車椅子でリハビリに通っている、東大病院の前のバス停のところに、一本の辛夷《こぶし》の木があります。昨日の朝ふと見上げると、白い蕾《つぼみ》が満天の星のように散りばめられているのに気がつきました。間もなく一つ一つの花の花弁が開き、打ち上げ花火が上がったように、ドーンと空に広がってくれるでしょう。

目を瞑ると、去年の花火の残像のように、白い花弁が躍っているのが見えます。この数日の暖かい日差しで、先週までは硬く握り締めていた蕾がいっせいに緩んだのです。

毎年この春の花火が、東大構内の春の先駆けになっています。私は、車椅子を止めさせて、しばし眺めていました。昨年、この花を見たときは癌が見つかった直後で、もう今年でこの花は見納めだろうと思ったのですが、こうして冬を越し、同じ花を眺めるのは夢の中のようです。

この暖冬は、障害のために右腕が鉤縮《こうしゅく》して硬くなってしまった私にとっては、ありがたい贈り物のように見えますが、その実、春の花火の向こうには、地球温暖化という暗い垂れ幕が張り巡らされていると知れば、空恐ろしい気がしてきます。

まず、『苦海浄土』第二部の完成、おめでとうございます。傘寿を前にしてこの重荷を下ろされたことを、はるかに慶祝いたします。これでライフワークの三部作は完結したのですね。

これまで、行き所のなかった水俣の魂たちに囲まれて、三十年余りをすごしてきたのですね。お察しいたします。これで解放されたわけではないでしょうが、一息はついたことと拝察します。

その年月が、どんなにつらく長いものだったかと想像しています。現世《うつしよ》の出来事なのに、あの世のことのように語る石牟礼さんの文学の故郷だったのですね。ここで生来の小説家の目を見開いたのですね。

三部作といえば、私もささやかな三部作を完成しました。あなたのような壮大な魂の叙事詩ではありませんが、私は広島、長崎の原爆の能に続いて、沖縄戦の新作能を書いたのです。広島では、鎮魂のための『原爆忌』、長崎では、被爆からの魂の復活を祈った『長崎の聖母』でした。この二つは、一昨年（二〇〇五年）の夏と秋に初演されました。昨年、『原爆忌』のほうは再演されましたが、今年は二つとも東京で再演される予定です。

それに続く沖縄戦を描いた能で、この三部作は完結します。来年、沖縄での初演がほぼ決まっています。摩文仁《まぶに》の平和祈念堂で上演し、首里城での薪能《たきぎのう》も計画されています。これで私も、長い間の重荷を下ろしたような気がしています。でも、まだ数日前に書きあがったばかりなので、興奮が冷めていません。

私は能の技術のことも少々知っていますから、書いているときも、笛や大小の鼓の手、謡曲の節、役者の舞台上での動きまで目前に広がります。謡《うたい》の荘重な響き、激した大小鼓の音が、耳に聞こえて震えながら書くこともあります。そして、耳を貫くような笛のヒシギに誘われて、言葉が出てくるのです。

このことは、能としての上演を容易にしますが、どうしても決まりごとに縛られてしまいます。あなたの『不知火』のような、型にはまらない自由な表現にはかなわない。私が能を超えられない理由です。

とはいえ、言葉がまだ耳に響いているうちに、石牟礼さんには話しておきたい気がします。今回はこの能のあらすじを紹介するところからはじめましょう。題は『沖縄残月記』です。


ところは沖縄本島の北部、山原《ヤンバル》の深い森、旅人が十二、三の子供を伴って、この地の高名なユタを訪ねてやってきます（次第、道行）。ユタはご存知のとおり、沖縄の超能力を持つ巫女です。途中で月を愛《め》でる女の一群（八重山民謡の「月のかいしゃ」が入る）に出会い、その夜が清明節の月（四月）の十五夜であることを教えられます。六十年余り前のこの月初めこそ、米軍の沖縄上陸作戦が行われた月なのです。

女たちに教えられたまま、森の奥のウタキにある、ユタの家にたどり着いた旅人は、ユタの女に死人の口寄せの御願《うぐあん》を頼みます。というのも、彼の祖母は読谷村《よみたん》の出身で、その戦渦に巻き込まれ、二児を引き連れ逃げ惑ったと聞いていたのですが、生前決して戦争のことを語らず、去年九十五歳で世を去ったのです。

生前彼女が可愛がっていた、曾孫の清隆（子方）が、近頃夢見悪しく、夜な夜な曾祖母に会いたいと泣き叫ぶので、彼女の霊を呼び出してその声を聞きたいとやってきたのだと明かします。

早速、ユタ（面は増髪、白衣）が呪文、「ウートウト（あなかしこ）ミーグシクヌリュウグシンニタマシーマヌチヌ、ウグアンスン（三重城の竜宮神に魂寄せの御願する）」と口寄せの御願を唱えて祈ると（囃子は鼓のノット）、

（地ノル）不思議やユタは御願《うぐあん》のうちに
胸苦しみて天を仰ぎ
地に倒れ伏す
冷汗《れいかん》噴出し震えおののき
あれよあれよと見るうちに
榕樹の森に辻風吹き募り、
天は暗く、地は月白の
魂《たま》招きか　神おろしか
口寄せの御願《うぐあん》は聞き届けらる
（笛ヒシギ　一声の囃子で、シテ橋掛かりに現れる）

となります。

曾祖母の霊は、痩女系の老女の面を着け、清隆を気遣って、涙を拭いあうなどしますが、突然戦争のことを思い出し、清隆を、そのとき砲弾で頭を砕かれた彼女の長男と混同して、涙に咽《むせ》びつつ語り始めます。

本当は私たちの目には見えないのですが、「ユタの目」が時間をさかのぼり、曾祖母の経験した沖縄戦の有様まで、それを通して私たちに見せてくれるのです。

九十五歳で世を去るまで、沖縄戦のことを語らず、粒貝《ツブ》のように沈黙のまま死を迎えた曾祖母の霊は、ユタに冥界から呼び出され、戦争を語り始めるのです。その動機が、曾孫の清隆が、戦で死んだ長男に見えたことで、その前で語りだすという場面がこの劇構造の要です。

沈黙の深く重い枷《かせ》が破れて、一気に語りだすのです。そのときの葛藤、苦悩を通して、この戦を語り継ぐ動機が生まれるのです。

眼目の演技は、長男の十二歳の少年が砲撃で頭を砕かれた後、彼女が次男の乳飲み子（清隆の祖父）を抱え、戦火の中を逃げ惑う有様を、「カケリ」という激した、しかし最小《ミニマム》の演技で表現するところにあります。そして、ようやく隠れたガマ（洞窟）は、火炎銃で焼き尽くされ、幾夜も寝ずに彷徨うのですが、月明かりのために、米兵に発見され、詮方なく助けられる逃避行の仕方話です。自決を決意したにも拘らず、腕に抱えた赤子を死なせないために、敵の手に落ちたことを、

　月は昔から変わること無さめ
　変わて行くものや人の心

という琉歌で、謡い舞います（イロエ）。

キリは、空を振り仰げば、戦場の一筋の煙と、焼け残った椰子の葉の上に、煌々とした清明の月が昇り、時々響く銃声と、サーチライトにうかぶ

沖縄の島影に、彼女の霊は消えて行くというものです。

　これが『沖縄残月記』のあらすじです。

　この能の執筆が行き詰まったとき、石牟礼さんの詩集の中の「満ち潮」という長詩を、演出家の笠井賢一さんが教えてくれました。なかなかイメージが定まらず困っていましたが、これではっきりして筆がはかどったのです。

　沖縄には何度か行き戦跡も巡りました。ことに病気で体が動かなくなる直前に、行っておいたことは幸運でした。この能を書くために、沖縄戦のたくさんの書物をお借りして読みましたが、自分で体験したことが、最も役に立ちました。でも「学徒兵の手記」や、沖縄戦史は心に染む読書体験でした。

　石牟礼さんの詩に詠われているのは、ユタではなくて、ノロと呼ばれている神女ですが、私にははっきりと、麻の白衣の姿が見えました。写真でしか見られなかった、イザイホウの神事が、緑の珊瑚礁の海を背景にして。

いとたかき　島の榕樹をめぐって流れる神謡
イザイホウの祀り
面伏せした素足のすり足の　浜辺の舞に
空から花が降っていた
白い神衣の胸にかざられた　ビロウ葉の扇
既婚者で　処女神になる者たちの儀式
祀りには　ことばは　組まれていなかった
森の奥で歌う神女たちの遠い声ばかり
そよ吹く梢の音ばかり
きこえるか　きこえないかの浪の音
麻のおおきな衣手に　わたしたちが亡ぼした世を抱いて

という美しい一節です。

沖縄には本土の日本人が忘れ去った、太古の劇的空間が残っているようです。まるでギリシャのバッコスの信女のようなユタとノロ。それがあの激しい沖縄戦を生き抜いて、戦後の苦難と逆境に耐えた人々の中に、脈々と受け継がれていることに、目を瞠ります。特にこの詩の中には、スサノオ氏という魅力的な人物が出てきますね。彼はこの土地を汚されたことを、憤っています。私はスサノオ氏が好きです。

それに比べて、近頃のヤマトンチューは何を考えているのでしょう。憲法改正、教育基本法改正の愛国心の議論を聞いても、ひたひたとファッショの足音が聞こえるではありませんか。私の「忿怒佛」も、石牟礼さんの「スサノオ氏」も荒ぶる心を抑えきれなくなるでしょう。

たまたま私が巻き込まれている、リハビリ打ち切り問題にしても、生きるために必要な医療が、百八十日という制限日数で切り捨てになる。生きるために必要なリハビリを一律に打ち切るという、あまりにも乱暴な診療報酬改定が、昨年から実施されたのです。鶴見和子さんも、真っ先に犠牲になりました。ですから、これは私にとっては負けられない戦いになったのです。

上限日数を設けて制限するというのではなく、専門の医師の裁量によって、治療の継続、または中断が決められるべきだとは思いませんか。こんな至極当然な要求が、厚労省にはなんとしても受け入れられないのです。

私は去年（二〇〇六年）の十一月から、『文藝春秋』や『世界』に精魂こめて論文を書き続けました。でも厚労省からの答えはありませんでした。かえって、かさにかかった通達を出して、圧殺しようとしたのです。

百八十日を過ぎたら、何が何でも医療は打ち切る、後は介護保険でやれというのです。ところが、介護保険のデイケアーというのは、高齢者を何時間もお預かりしての、唱歌やお絵かき、食事まで含めた認知症予防のサービスです。リハビリなどは一〇分程度の体操しかないのです。これでは、障害を負った患者の機能訓練にはなりません。もちろん理学療法士などは、一人でもいればいいほうです。病院では、理学療法士が一対一で一時間程度、専門の訓練をしてくれます。訓練の器具も設備もないところへ、そして医療とはかけ離れたところに、医療としてのリハビリを必要としている患者を追いやろうとしているのです。

それに介護保険の対象とならない若い障害者の人もいます。若い患者の悩みは、座視できないものがあります。たった週一回でもリハビリを継続すれば、「再チャレンジ」出来る人たちです。

介護と医療は、目的も手段も違います。私たちは医療を求める患者です。

患者が医療を求めるのは、当然の権利、療養権です。そういう患者を診て、医療を施すかどうかは医師の裁量権の問題です。拒否すれば、医師法違反になります。

こんな事態になっても、日本医師会はずっと押し黙ったままです。腰抜けといわれても仕方ありません。リハビリテーション医学会の学者も、初めは知らんふりでした。私たちが騒ぎ立ててから、やっと昨年の末になって、気のぬけた声明を出しただけです。職責者として、また専門家として、恥ずかしくないのでしょうか。

何よりも、厚労省にリハビリ打ち切りの口実を与えたといわれる、「高齢者リハビリテーション研究会」と称する医学者の責任を問わなければなりません。自分がいってもいないことを根拠にされて、こんな制度が作られたのに、黙ったままなのです。私は実名を挙げて告発しようと思います。

科学者には、自分が関与したことには、責任を持たなければならない倫理があります。後で、そんなつもりではなかったといっても、結果の責任は免れません。利用されたことに気がついたとき、どうして抗弁しなかったのでしょうか。厚労省の役人が怖いのか、黙ったままです。

ハンセン病裁判のときも、ＡＩＤＳ薬害のときも、私を含めて医学者は一言も発言しなかった。そのことは、苦い経験として私を打ちのめします。水俣病のときも、わかっていながら体制側にくっついて、患者を苦しめた医学者がいたことを、私は知っています。直接手を汚さなかったにしても、無関心を装った加害者は多かったでしょう。これが日本の医師、科学者の実情なのですね。

もう黙って見過ごすことは出来ません。何とか言葉の力を信じて、発信し告発し続けます。リハビリ問題が、一般の人にはたとえ小さな問題であっても、これは基本的人権の問題です。

三月十日には、全日本保険医団体連合会の主催で「これからのリハビリを考える会」という市民集会が開かれ、私も車椅子で参加し、挨拶しました。三百七十人に及ぶ患者の悲痛な声は、私の「忿怒佛」を燃え立たせました。

みな障害を持った人たちです。無情なリハビリ打ち切りで、どんな被害を蒙ったかを、泣きながら訴えていました。出席もしない厚労省からの、挑発的なメッセージが読み上げられたときは、会場全体がどよめきました。

突然こんなところで言うのは大げさかもしれませんが、科学者の行動の規範となる良心とは何だろうかと、私は悩みます。どうすればいいのか、私たちに突きつけられた問題です。各論的に対応するほかないのでしょうか。

戦争の始まったとき、日本の歴史学者も同じような悩みを持ったでしょう。歴史の専門家が、歴史をよじ曲げられるのを座視してしまったのですから。

私は、周りの科学者や知識人と「自然科学とリベラルアーツを統合する会」というのを旗揚げすることにしました。専門の科学者が、科学の発展によって生じた問題を解くことが出来ない。環境問題も核問題も科学の産物ですが、科学者には解決の道すら見えてこない。

一方、人文学者も、社会の問題は彼ら専門家の目線だけでは解決できない。こちらは科学の解析が不可欠です。

それらを解決できるものがあるとしたら、科学の知と人文の知を統合した知なのではないか。そんな漠然とした議論を、もっとも真摯に聞いてくれた、建築家や生物学者の友達と諮《はか》って、この会ができました。

まだ具体的な行動の予定は、少ないのですが、藤原書店のバックアップでホームページを立ち上げるところまで来ました。

今年は、アインシュタインを主役にした新作能『一石仙人』をボストンのマサチューセッツ工科大学（ＭＩＴ）の講堂で上演しようということを計画しました。残念ながら実現しませんでした。

この能は、三年前の世界物理年に、日本でのオフィシャルイベントとして上演されたものですが、アインシュタインの相対論、そして平和思想を、東洋哲学のコンテキストで考える企画として注目されたものです。

科学の目でも、人文の目でもない、それらを統合した目、第三の目というのが、私たちの求める目です。この会はそれを追究したいと考えています。

「忿怒佛」にも第三の目を持っているものがいます。観音にもあります。東大寺の「不空羂索観音」の眉間には第三の目があることはご存知のとおりです。その第三の目で、「より広く」、「より深く」、「より遠い」視線で見れば、どこに解決の道があるのか、見つけ出せるのではないかと思っています。

先週見た辛夷《こぶし》の花は、今日は半ば散ってしまい、春の花火は消え失せようとしています。「花は根に帰る」と古人は言いましたが、そのとおり泥にまみれた白い花が、根元に散乱しています。これが自然の循環でしょう。産業廃棄物とは違う、摂理に満ちた自然です。

まもなく本格的な花の季節です。まだ生きてこの世にいることは、本当に不思議な心地です。

三月十五日

多田富雄

第六信

いのちのあかり

石牟礼道子

多田富雄様へ

ご高著『能の見える風景』をお送り下さいまして、心より有難く存じます。一字、一字、どのようにご不自由なお躰のもとに思考され、結晶化されたお言葉でございますことか、心してくり返し、拝読いたしております。

ご不自由になられ、ある意味で俗世を脱せられてより、先生のお心の能舞台は、より深化され、いよいよ象徴の度を加えてきたのではないでしょうか。

まだ見ぬ能にあこがれ続けている私にとりましては、至高の舞台でございます。よくもこの齢になるまで、わが民族を代表する古典芸能を見ないで来たものでございます。水俣のことなどもありまして、消耗しつくしているのを、神さまが哀れにおぼしめし、選びぬかれた極上の舞台を、この上ない解説づきで観せて下さっていると思っています。

『桧垣』、『姨捨』、『山姥』などという老女ものが、能作品の中でも秘曲とされて、歴代の名手たちがこれを舞うのに生涯をかけているらしいのを、とても意味ふかく思います。「深井」というナゾめいた女面を論じられている中に、橋岡久馬氏が、これをつけて舞うなどとてもおそろしいといわれたのに、感じ入りました。

私はことにお囃子に魅了されていて言葉にするのにためらいもあるのですが、日本人というのは、芸能においては天才的な資質をはぐくんできたのではないかと思ってしまいます。お謡もお囃子もそれぞれ家の芸であるのが、これを合わせて一つの舞台にすると、一国の文化として世界の水準をこえるというのはいかなる資質なのでしょうか。

　西洋の音符では表現できないであろう音の格調、たとえば曲がはじまる前の「お調べ」など心憎い演出で、実物はみたことはありませんが、「深井」の写真の印象ぶかいこと。魔力を秘めた表情にはとりつかれてしまいました。切りひらかれた二つのまなこは、人間の罪劫を一瞬で読みとっているようで、こういうまなざしに一べつされたら、悪業を重ねた人間もうなだれるのではないでしょうか。仏性をそなえた目というのではなく、むしろ底しれぬ虚無をたたえているからでしょうか。半びらきになった口もなにやらおそろしく、二つの目が非地上的であるのに対して、この口はとても生々しゅうございます。このような面をつけて舞われる曲にはどういう色や織りの長絹や大口袴がふさわしいのでしょうか。どんな衣ずれの音が聞えるのでしょうか。装束を考えるだけでおそろしさが伝わってまいります。

つくづく思いますが、わたしたちの遺伝子に組みこまれている自己劇化の本能は、どういう歴史を経て蓄えられたのでしょうか。

言葉以前の長い意識の時代、なんとその世界の感受性の、多重的であることでしょう。

じつは世阿弥という人のことをぼつぼつ知りたく思っています。室町期の都市文化が芸能を中心として実質を持ちはじめた頃、世阿弥の出現は、まるでその文化の内容を、内側から照らし出す燭台のようなおもむきでございます。私が少しひっかかっておりますのは、この人物の中に根深くあった「凡そ、愚かなる輩、遠国、田舎の卑しき眼」という意識でございます。

十二歳で時の将軍足利義満の庇護を受け、摂政二条良基からはぞっこん気に入られて、尊勝院なる人物に宛てて書かれた手紙が残されました。

「藤若（義満がつけた世阿弥の幼名）ひま候わば、いま一度同道せられ候べく候。（略）鞠連歌などさえ堪能にはただ物にあらず候。なによりも又、顔だち、ふり風情ほけほけとして、しかもけなりげに候。かかる名童候べしともおぼえず候……」

貴族たちの間に、息をのむほどの美童の出現は文化的ショックだったと思います。異常なほどなあつかいを受けて当代一の能役者にのぼりつめてゆくこの人物が、「田舎の卑しき眼」を感じていたのは、猿楽一族出身であったために、同族たちからのねたみなど、実害を受けていたかとも考えられ、晩年の佐渡島流刑などと思い合わせると、この不世出の芸術家の「花」に影がさしてゆく様子が少しずつわかる気がいたします。

わが心　慰めかねつ　更科や　姨捨山に照る月を見て

『姨捨』の中で謡われる歌だそうですが、つくづく名歌だと思います。言葉ははじめ詩として生まれ、定型化の時期があったのだという意味が、能の中でひときわよくわかります。

まだ見ぬ能にあこがれて、私も一首。

遠き世の月とおもえばなつかしや　人の声音の湧く谷間にて

記憶するということをつきつめて考えてみると、私たちはそれぞれ自分のこもる繭を一箇ずつ持っていて、無限領域としての闇の中から、光をたぐるように生命の糸をたぐりながら生きてきたと思います。ですから、言葉としての原初は、陽がのぼるごとに神との最初の対話のようにはじまっていったのではないでしょうか。私たちが今だに言葉に対して、より深い意味と美的よびかけを見つけたく思っているのはそのせいかと思われます。

人はなぜ言葉を手がかりにしてより切実に、おのが死にさえも美学をうち立てようとするのでしょうか。さらには死後の霊魂さえも呼びかえし、月の光や森羅万象の中に置いて名残を惜しむのでしょうか。日本人の、生命に対する想いは死後の世界へゆくほど荘厳され、文化として語ってよいほどです。このいちずさはただごとではありません。

完ぺきにその人物の装束をつけた能役者の姿は、人間であって人間でなく、多田先生説によれば、「異界からの使者」なわけですが、口絵写真を見ながら思います。

日常着ではありえない幅広の長絹の袖や、人形の着付を思わせる胸元から、人の息づかいや体臭がふっと洩れてきそうで、それを嗅ぎでもしたら、異界の瘴気にとりこまれそうです。

演者たちの精気と、その一枚一枚が曰くありげで伝統的な能衣装。大鼓《おおかわ》、小鼓、笛、太鼓。観衆の気分を、地に這う抑揚で静かにひきさらってゆく古典的な地謡の声。総合憑依の芸術というべきでしょうか。すみからすみまでそういう要素にみちみちて、みる者たちはあちらの世界に連れてゆかれます。仮設の舞台であればこそ、異界の人が通ってゆくのでしょうし、観衆のまなこも、ひたすら幻の視界をみようと目をこらしているのでしょう。うしなわれた人生のどこかで出合った、いのちのあかり、あるいはかき寄せたい未来のいのちのあかり、このことにこそ出逢いたかった、という魂の声が聞えます。

私どもは見たことのない能舞台を、人生のどこかの局面で体験してしまったことはなかったでしょうか。ひと口言いそこなっては、次の言葉がさらに分裂して、とうとう出来そこないの会話になってしまうということが。

白洲正子さんの舞われたという『蟬丸』の「逆髪」のお話、しみじみとこたえました。「情が勝ってしまって能にならなかったのではないか」とおっしゃっています。「小林秀雄や河上徹太郎も客席に見えてい」て、「白洲次郎なども含めた後の酒盛りでどんな批評をしたか、考えるだに恐ろしい」と。ご自身の「逆髪」に対するお考えも合わせて批評なさっていますが、じつに思いやりの深い評言でございます。小林や河上というこわい人たちが全否定したとしても、多田先生のご理解があるかぎり、お能をやめられた白洲さんには何よりのはなむけになることでしょう。

日常というものが違和の総体のように感じられる日々から救われようとして、私もさまざまな試みをしてきました。ことばやしぐさ、いやいや存在そのものを根底から取り戻そうとしてきました。日常生活の様式から書画・詩歌・芸能等々の系譜は、ある意味で人生への断念に裏打ちされてきました。様式がおぼろに見えるまで、さまざま思い捨ててきたことがありました。何を捨て何を生かしてきたか、共通の想念があったと思います。

闇に葬ったものへのかぎりない愛憐のために、あらゆる表現が考えられました。生きたしるしを残そうがためだと思います。

一人一人は微妙な音色をもつ楽器のようで、白洲正子さん、鶴見和子さんにふれて記された章は相寄る音色とでもいうのでしょうか、時空をこえて低音の響きが聞えます。

拙作『不知火』をおとりあげ下さいましたのにはすっかり恐縮いたしました。その上、おほめの言葉までいただいて。

「能の約束事をことごとく無視した」作品とおっしゃるのもむべなるかなで、世阿弥の『風姿花伝』を何十年もかかって考え考え拾い読みしている程度で、能舞台は二度ほどしか見ておりませんでした。能の約束を無視しようにも何も知らないまま、詩劇を書きたくて能の形をお借りしたのでした。世阿弥という人のことは今も気になってなりません。

ただ能の初期の形は、世阿弥が稀代の美童で貴族層に愛され、全盛期の主な観衆は貴族層であったろうこと、その庇護に応えるべく、能の理論も表現も洗練の度を加えたでしょうけれども、庇護者たちも代がかわり、のちには弾圧者となって、佐渡への流罪を体験せねばなりませんでした。老残の身の脳裏にあった曲とは、いかようなものであったのでしょうか。佐渡の波の音とともに聞いてみたいとひそかに願っています。

それにしても能に使われた言葉の深いこと、呪的であることにおどろきます。ご著書の中からの引用でございます。

のうのう旅人、お宿参らしょうのう。これは上路《あげろ》の山とて人里遠き所なり。

前出の「深井」の面をつけた橋岡久太郎という小柄な名人が橋がかりを歩みながら呼びかけるところで、『山姥』という曲だそうです。この場面、現代の口語文でよびかけてもここまでの妖気は出て来ないでしょう。

「今宵の宿を参らすること、とりわき思う仔細あり」と続くのですが、日本語を復活させるためにも、古典能にふれる機会を持てればよいのですが。

三月十日、障害を持った方々が集まられ、「これからのリハビリを考える会」という市民集会をなさいました由。出席もしない厚労省からの、挑発的なメッセージに会場全体がどよめいたそうでございますね。水俣の来し方の無数の場面を想い出します。

胸が疼きますのは患者たちの中にある「人間への信義」でございます。まことをつくしてむきあえば相手に通じるという信念ですが、これに対して、厚生省やチッソの幹部たちがこの五十年、応じてきたのは、「挑発」を超えた敵意でした。その一々をここに書くのに今は体力がございません。

日本中が、感受性のどろりとした世紀末にはいった状況下で、真《ひた》くれないの心というのか、圧倒的初心をもって、「自然科学とリベラルアーツを統合する会」を構想なさり、発足させられました模様、藤原良雄さんから承りました。皆さまに働いていただけるようお祈りしております。入梅近く、庭に紫のあやめが咲いておりまず。

かしこ

二〇〇七年六月二日

辛夷《こぶし》の花のお便りに接して。

散る花の影のごときを身にまとひ今日のさびかな灯りとやせむ

石牟礼道子

第七信

自分を見つめる力・能の歌と舞の表現

多田富雄

石牟礼道子さんへ

今年は南九州では例のない天候不順で、大雨、洪水、土砂災害が続き心配しておりました。石牟礼さんのところはご無事だったようで安堵しました。自然災害のニュースを聞くたびに、地球が悲鳴を上げているように思えてなりません。

これは文明論的な問題です。単に物理的気象の変動だけの問題ではない。エコロジーの循環が危機に陥ったのです。エコロジーの精霊、山姥の怒りが聞こえるようではありませんか。「よし足引きの山姥の、山めぐりするぞ苦しき」と、山姥の苦しい息遣いが耳につきます。

この辺で人類が悔い改めて、自己抑制の道を考えないと、大変なことになると、山姥でなくても予言することができるでしょう。人間が己の住む外部環境を乱した罪は、やがて人間の内部環境の破壊という罰を受けなければならないのです。環境ホルモンや水俣の神経毒はその一例です。

でも嘆いているだけではすみません。これを大転換させて、どのような未来を開くかという、最も創造的な仕事が、現代人には課されているはずです。

そういっているうちに、今年は八月に入ると、連日三十四度を越す酷暑で、息をするのも苦しい日が続きます。東京でも記録的な暑熱が続いています。

この猛暑の影響は、私の病気にも深刻な、場合によっては致命的になるかもしれない影響を与えています。どうなるかわからないので、それから書き始めることにします。無事書き終えることができることを祈ります。

病気のことで紙面を費やすのは、本意ではありませんが、私は今、発病以来最大の危機に直面しています。それを書くことで、少しは気が休まるかもしれません。したがって今回は、一方的に私の言いたいことだけを書きますことをお許しください。石牟礼さんのみならず、読者の顰蹙を買うことも顧みることもできない状態なのです。

前から抱えていた、時限爆弾のような前立腺癌は、いよいよ時が来たらしく、膀胱内に大きな腫瘤となりました。このまま爆発すれば、尿路を完全にふさいでしまう恐れがあるので、やむを得ず放射線療法を受けることに踏み切りました。すでに尿は出にくくなり、苦しくてたまらなかったのです。

衰弱して死ぬなら、もう治療など受けなくてもいいのですが、尿が完全に止まった地獄の苦しみを思うと、とりあえずは放射線で、腫瘍を小さくしておいたほうがいいという医師の判断に賛成せざるを得ません。リニアック放射線照射装置という機械で照射を始めました。ウィークデイは連続で、計三十五回の照射です。

放射線療法は痛くもかゆくもなく、時間も数分で終わります。初めはこれくらいなら耐えられると、高をくくっていたのですが、どうしてどうして、そんなたやすい相手ではないことがわかってきたのです。日がたつにつれ、いろいろな放射線障害の症状が現れ、ついに苦しみは耐え難いものになってきました。

最大の苦痛は、照射を始めてから日増しにつのる排尿障害です。放射線によって痛めつけられた癌細胞は、アポトーシス（細胞の自殺）を起こす前に浮腫で大きく腫れ、次第に尿道を圧迫したのです。毎日の放射線の攻撃に、癌細胞も断末魔の抵抗をしているようです。

そうでなくとも酷暑の夏です。汗だくになっていきむと少しは尿が出たのですが、今は立ち上がっていきんでも一滴もでないことがまれではない。その後には、どうしようもない不快感が下腹部に残って、気が狂いそうになります。

私は半身不随の身、夜などはそんなに簡単に起き上がれないし、頻繁に立つことなどできません。急いで妻を起こし、首筋に摑まらせてもらって立つのです。脂汗が流れ、寝巻きは汗ぐっしょりとなります。それが一晩に何回も続くのです。

それでも出ないときは、ネラトンのカテーテルという管を差し込んで導尿します。夜中に妻をたたき起こして、ネラトンを挿入させるのです。妻は医師とはいえ、泌尿科の経験はほとんどないので、痛いこととおびただしい。時には二十分くらい格闘するので、連日の熱帯夜に、二人とも汗びっしょりになります。

今年の夏は残酷にも、クーラーを全開にしても室温三十一度にしかなりません。夜はこの儀式で、焦熱地獄の連続です。

やっと自分でカテーテルを入れるコツを覚えましたが、右手は麻痺のため使えませんから、いずれにせよ妻の介助が要ります。この暑さに、夜な夜な炎熱地獄に堕ちたようです。疲れ果ててうとうととするだけで、窓の白んでくるのを待ち焦がれます。

「南無焦熱大魔王、炎の矛をしばし収め給え」と、祈っているうちに夜が明けます。明ければまた昼が来て、炎暑の中でタクシーを拾い、病院に次の放射線照射に向かいます。私はあきらめていますが、妻は消耗し、これでは共倒れになるかもしれないと嘆いています。

照射は、今日でやっと十八回目、峠にさしかかったところですが、副作用の苦しみはこれからたけなわになるといいます。このお返事を書き終える八月末には照射は終わります。それを楽しみにこの手記を書いています。そこまで体が持つかどうか、これからの後障害に耐えられるか、心もとない毎日です。しかしここまできたのですから、引き返すことはできません。

リンパ腺に転移した癌を食い止めるため、放射線は腹部にもあてますから、しつこい下痢にも悩まされます。立つことの不自由な私には、一時も心が休まりません。

白血球も半減し、倦怠感も強まりました。血液中の免疫細胞、リンパ球は一〇%を切りました。食欲もなくなり、憔悴はその極に達しています。照射のたびに、命が吸い取られてゆくのを感じます。ドロップアウトはしまいと、懸命に耐えています。

ドロップアウトして照射をやめれば、いずれ癌は大きくなって、尿は出なくなります。そのときは治療の方法がないのです。ですから「引くも地獄、進むも地獄」という窮地に陥っているのです。今は苦しいのですが、もし効いてくれれば、またしばらくは人間らしく生きて仕事をすることができます。いまさらながら、生きることは「苦」だと観念して、毎日を一日千秋の思いで、やり過ごしているのが現状です。

しかし、こうして苦しんでいる自分を見つめる心は衰えていないようです。何が自分を生きさせているのか。何故に耐えているのか、生きる力の元はどこにあるのか、どうして自殺しないのかなど、不思議に自分を凝視しているのです。そこには今まで知らなかった、もう一人の自分がいることに気づきます。もともとそこにいたのでしょうが、意識しなかっただけかも知れません。きっと極限の私は、そこにいるのでしょう。でもそれを見つめる力は、どこから来ているのでしょうか。

こうして書いていても、絶え間なく襲ってくる尿意にさいなまれ、トイレに行っても出てはくれない。後には下腹部に、充分に排泄できなかった、痛いようなやるせないような不快感が残ります。潮が引くように余韻が収まるまで、じっと我慢します。時には発狂しそうになりますが、祈るほかに手立てがあるわけではありません。

次の尿意が耐えがたくなるまでの少しの平安な時間が、私の執筆時間です。その間に校正をしたり、書いた原稿の読み直しをしたりする時間です。もしそんな仕事がなかったら、私は病気のしつこい波状攻撃に、狂ってしまったかもしれません。

そんな苦しみの日が続く中、八月九日、長崎被爆の日にあわせて、私の新作能『長崎の聖母』の東京公演がありました。セルリアン能楽堂という、渋谷に出来た小さい能楽堂での特別公演です。昼と夜二回の上演です。私は昼の部の解説をするため、留置カテーテルを差し込んだまま、蓄尿バッグを担いで、タクシーに乗って渋谷まで行きました。二十分ばかり、パソコンの電子音で講演しました。夜の部は、歌人の馬場あき子さんが解説を引き受けてくれました。

留置カテーテルは、焼け火箸でお尻から串刺しにされたような激しい痛みと、尿道に小骨が突き刺さっているような執拗な痛みが交互にやって来ます。つらい一日でしたが、無事義務を果たしました。

この能の初演は、ご存知のとおり、長崎の浦上天主堂でした。二〇〇五年の十一月二十六日、六十年前のこの日に、被災後初めてのごミサが行われたのです。信徒の大半は犠牲となり、残された形見のロザリオを抱いた信者たちが、涙とともにミサに参加したことを、天主堂の平野神父から聞かされました。

公演当日、御堂にいっぱい詰め掛けた方たちは、被爆者の信徒を含め、長崎の被爆地に近い方たちが多くいました。また九州のみならず日本各地から集まってくれた一般の方で、広い聖堂は満員になりました。

十一月という季節に合わせて詞章を変え、『長崎の聖母　秋の版』としましたが、今度はオリジナルの『夏の版』での上演でした。でも筋書きが変わったわけではありません。今回は普通の能舞台での上演ですから、浦上の天主堂のような場（トポス）の力を借りることはできません。でも、アンジェラスの鐘の録音が鳴り響き、グレゴリー聖歌隊も出演してくれ、能管や鼓との間の美しいハーモニーを聞かせてくれました。

この能の眼目は、いうまでもなく後シテ、聖母マリアが顕現し、被爆者の祈りの成就としての、復活の「早舞」を舞うところにあります。舞はあくまでノリのよい、流れるような、そして荘厳なものでなければなりません。ほかの「早舞」とは違った舞にならなければならない。

どうして型も音楽も決まっている「早舞」が、違ったものに見えるのか、というのが私の考える能の本質論なのです。物語はこの「早舞」を舞わせるための仕掛けに過ぎません。今回のシテを務めた清水寛二さんは、周到に仕掛けを準備して、見事な「復活の早舞」を披露してくれました。

私見では、能というのは、「舞歌二曲」と世阿弥が強調しているように、「舞」という抽象的な身体運動を、いかにして「歌」にこめられた情念や物語の表現に結びつけるかという芸術だと思います。物語は「舞」を舞わせるための、必然性を作るのです。

ここで「舞」といっているのは、「カケリ」とか「イロエ」などの、情動をあらわす所作も入ります。それぞれは意味のない身体運動です。

でも『隅田川』の「カケリ」と、修羅物、たとえば『田村』の「カケリ」では表現されるものが違います。片方は、はるばる子を尋ねてきた母親の狂おしいまでの情念、『田村』では猛勇なる武将の戦いのさまが、同じ音楽で、ほぼ同じ型で舞われます。でもまったく違うものに見えます。能の舞の不思議です。

しかし、舞だけでは能にはならない。いくら舞が美しくても、能の劇にはならないのです。物語を持った歌がなくては、舞の必然性が得られないのです。地歌舞か、最近流行の「能舞」になってしまう。これでは演劇としての能は成り立ちません。

同じ「序の舞」でも、遊女が普賢菩薩になって昇天する『江口』の序の舞と、静御前が義経を思って舞う『吉野静』の序の舞では、異なった表現であるはずです。音楽も基本的な体の動き、つまり型は同じなのですが、舞を舞う「文脈（コンテキスト）」が違うから、まるで違う舞のように見えるのです。その「文脈」は、物語に含まれた「歌」によるのです。

時には「歌」の表現が、独立したものになることもあります。世阿弥のころは能の音楽、謡は今の演歌のように歌われ、もてはやされていたのではず。特に少年時代の世阿弥、この前あなたが指摘した、美童「藤若」が、か細い美しい声で、「海道下り」など曲節ある「歌」を謡えば、それだけで衆人はうっとりしただろうと思います。歌を作ることは能の創作の基本です。

「舞」と「歌」を劇中にたくみにちりばめた『松風』のような名曲は、当時から人気があったでしょう。美しい詞章に凝った曲節をつけ、恋慕の激情を「中の舞」にたくし、その名残の舞い返し、「破の舞」を完璧に配した『松風』は、まさに「舞歌二曲」が揃った名曲です。

　こういう作例を前にしては、新作能を書くなどは、蟷螂の斧に等しいと私には思えます。なかなか古典を凌駕することはできないが、あなたの『不知火』は奇跡的にそれを達成したのです。それを可能にしたのはいうまでもなくあなたの「歌」の力です。それに、梅若六郎さんをはじめ当代のもっとも才能ある能楽師と、笠井賢一さんなど才気ある演出家の手によって、「舞歌二曲」が整った名作になったのです。さらに、水俣に秘められた「物語」の力もありました。私が「能を超えた能」と評したのはそこです。

　「舞歌二曲」についてだけいえば、「乙若」と「不知火姫」との近親婚の祝婚に「中の舞」を配したのも、「隠亡《おんぼう》の尉《じょう》」に語らせた、出会いの必然性からゆるぎないものとなっています。屈折した祝婚の舞を舞うコンテキストがはっきりしていたのです。その上で、舞楽の羅陵王に似た「夔《き》」の神が、渚の貝を打ち鳴らしながら、浄化のための「楽《がく》」を舞うのもうなずけます。

能は、こうした厳密な必然性の上に成り立つもので、単に面白いプロットができたから作れるというわけではありません。いまさら源氏物語や今昔物語に題材をとっても、能ができるものではない。その点が誤解されて、昨今の安易な新作能の氾濫となっているのではないでしょうか。

私は未熟ですが、能を書くときは、「舞」にどんな必然性をこめるのか、その必然性を「歌」が物語っているかを中心に熟慮しながら書きます。

この『長崎の聖母』は、私の足りぬ点をグレゴリー聖歌の「歌」に語ってもらったおかげで、能舞台での初演に拘らず、「舞」は、いとも厳かに復活の秘蹟を顕現し、観客の感動を得たと考えています。

この秋には、『長崎の聖母』に続いて、私の新作能が、二つ上演されます。ひとつは、横浜のオートバイのグループから依頼された『横浜三時空』です。

サイパンの戦いで、新婚の夫を失った未亡人の枕に現れた夫の霊の姿は古代の防人、南海の戦に破れて死んだ服部《はとりべ》の於由《おゆ》でした。彼女もまたその妻の服部《はとりべ》の呰女《いさめ》という前世の姿です。二人は再会の喜びと、相愛の歌を交わしますが、それは万葉集の、相模の男女の相聞歌から材をとったものです。彼女は、「姥」の面から「万媚《まんび》」の面への早替わりで、この転生を示します。二人は二度にわたって遂げられなかった永遠の愛を成就します（中の舞）。

その祝婚のさなかに、横浜袖ヶ浦の須崎大神が十二天の神々を引きつれて海上に現れ（子方の舞働き）、彼女らの婚姻を祝福し、横浜の港の繁栄と、平和を祈るという娯楽編です。

この能にはワキは出ません。アイ（狂言方）が一人何役もの活動で、いわゆる狂言回しをします。こんな冒険ができるのも新作能の楽しみです。

現代、古代、神話の世界を自在に行き来し、悲しみ、喜び、祝言のメッセージを伝えることができるのは、能ならではの時空の劇の世界です。私は書いていて、ワーグナー的な興奮を覚えました。

この能は、九月八日に横浜能楽堂で初演されます。清水寛二さんと梅若万三郎さんの主演です。アイ狂言は、京都から茂山千之丞さんの客演です。大倉正之助さんが今回も大鼓《おおかわ》で彩を添えてくれるはずです。楽しみです。

また十月十八日には、旧作の『一石仙人』が京都東寺で再演されます。三年前に、ユネスコの世界物理年のオフィシャルイベントとして上演された、アインシュタインの相対性原理と平和思想を能にしたものですが、今回は私のやっている「自然科学とリベラルアーツを統合する会」（ＩＮＳＬＡ）の自主公演です。

東寺を選んだのは、現代物理学の伸び縮みする新しい宇宙像が、東寺の立体曼荼羅の前で、どのように見えるか実験したかったからです。その上で核廃絶のためのアインシュタインの平和へのメッセージが伝えられればいいと考えます。

ここでの「舞」は一石仙人の重厚な「立ち回り」です。重力を超え、時空を破り、ついには宇宙の未来のブラックホールに吸い込まれるアインシュタインの時空の表現です。これに可憐な二人の子方が、核子となって縦横に飛びまくります（子方の舞働き）。それが一石仙人の杖で鎮められます。

「歌」にも面白いのがあります。「混沌《カオス》の海に、秩序《コスモス》を生じ、生命《いのち》を宿せし、輪廻の時計も、今は見えたり、さらばよと、かしこの星雲、宇宙の微《み》塵《じん》を、波立て打ち払い、時空に飛行《ひぎょう》して……」と、スケールの大きな「歌」のうちに、アインシュタインは、時空の向こうに吸い込まれるのです。

さてこれが東寺の立体曼荼羅の前で、どんな演技になるか楽しみです。私たちの会の運命のかかった公演です。

そういっているうちに、今日で三十五回の放射線照射が終わります。苦しかったですが、このお手紙をひたすら書くことでしのいできました。一時は中断も覚悟しましたが、歯を食いしばって書き続けました。おかげで世阿弥の「舞歌二曲」の考察もできましたし、苦しみの中で自分を見つめる力も残っていたことが確認できました。

まだまだ苦難の日は続いていますが、一筋の光が見えて来ました。良くぞ耐えぬいたと、自分をほめてやりたい。痩せたといっても、三―四キロ、無理して食べた甲斐があったからです。今度の勝負は、私の生命力の勝ちでした。今はほっと一息ついています。

回復にはまだしばらくかかると思います。苦しかった夏にも、やがておさらばです。回復したら、またお便りします。
いつの間にか、暑さも峠を越したようです。もうすぐ秋ですね。
ふと、白秋の、

百舌啼けば紺の腹掛新らしきわかき大工も涙ながしぬ

という、青年時代に愛唱した歌を思い出しています。

八月二十五日

多田富雄

第八信

花はいずこ

石牟礼道子

多田富雄 様へ

何ヶ月ぶりでしょうか。枯れかけた草原がうちふるえるような夕方の通り雨がきました。お手紙、すっかり恐縮しながら繰り返し拝読いたしております。

東京にも秋の気配がしのび寄ってきて、三十五回にも及ぶ放射線の照射を終えられましたとのこと、奥さまともども、さぞかしおくたびれになられましたことでしょう。今は平安の時間を得ておられるかと拝察いたしております。願わくば「人間的な」そのお時間が、少しでも長く続きますようにとお祈りせずにはいられません。

先生のご受苦には比ぶべくもありませんが、わたしも、手足や背中、腰の痛みと不自由を抱えておりまして、今年の炎暑はただごととは思えません。熊本の日中は九月に入ってからも三十五度を超え、九号台風が関東地方に入ってから、三十三度になった日が一日、それからずっと三十六度、「日本一」だそうでございます。

それにしても東京の昼間の室内は、エアコンをつけても三十一度より下らなかったとは、焦熱地獄でございます。わたしも身の内の精気がすみずみまで吸いとられてぺっしゃんこになったような想いがしております。いちじるしく乱調を来たしている大地の呼吸と、わたし自身の心房細動の心音が合わなくて、気息不全を起しているというのか、この大地のどこにも休息するところがなくなった気がしています。

先生がおっしゃいますように、人間たちは一日も早く悔いあらため、具体的な手だてを心と生活の全面にほどこしませんと、破滅はもう足許にやってきていると思います。

人間はどのような姿をとって滅ぶのか、具体的には日常の暮しの中で子殺しや親殺しまでがいとなまれる時代になって、そんな市民社会の極相の現場にわたしたちは立ち会うはめになってしまいました。若い世代に希望をと思っておりますのに。

他国の劣化ウラン弾などが予告なしに降ってくる時代、世界の経済はアメリカの軍需産業に支配され、環境問題すらもそこに吸収されているのではないかと疑われます。生類たちをぞっくりかかえこんできた風土は化学毒で溶解していることを、おおかたの人は気がついていると思います。自殺率の上昇はそれらのことを語っているのでしょうし、宮沢賢治が、

まづもろともにかがやく宇宙の微塵となりて
無方の空にちらばらう

とうたいあげた無方の空には、今やオゾンの穴があいているとか。情けないかぎりでございます。

ひそかに思いますに、現代の学聖のようなお方が、かほどまでの受苦に遭われますのには、よほどに深い意味があるのではないか。ここまで頽廃した人類の道義心が、その霊性のすべてを先生にお借りして復活しようとしているのではございますまいか。今や先生の苦悩の中からにじみ出るお言葉は、現代の知的荒野から、存在の原義を背負い直し、二十一世紀へと立ちあがられるお姿ではありますまいか。具体的には「自然科学とリベラルアーツを統合する会（ＩＮＳＬＡ）」となって発足を見ましたが、よほどに深い危機感と使命感につき動かされてのことと思われます。わたしも

お役に立ちたいのですが、体調がままなりません。お若い頃愛唱されたという白秋の、

百舌啼けば紺の腹掛新らしきわかき大工も涙ながしぬ

という百舌の秋空の、何とさえざえとしていることでしょう。この歌を愛唱されたとは、若き科学者の魂に、はやばやと宿っていた苦難多き未来を思わせます。

人類に滅亡がやってくるとして、もっとも悲しまれるのは、人間というもろい生物がそなえていた奇跡のような美的願望だと思われます。いかなる階層にもそなわっている自己哀憐が、諸文明の発生をみればわかります。多様な古代文明からはじまって、今もうかがわれるその芸術様式、演劇などなど、生命をはぐくんできた植生のさまざまをわずかに残して、すべてほろび去るのでしょうか。どんな様相でほろぶのでしょうか。

子どもたちにまでほぼ自覚されている現代の虚無について考察するのは、

本意ではありません。そのかわり、昔、神の手を借りたかもしれない芸術的本能を少しなりと呼びもどして、寂寥感をうずめたいものでございます。

歴史上の権力者たちがその身分をのぼりつめて、最後に求めようとしたのは美的地位でした。ひとつのたとえですが、世阿弥と足利将軍のあり方を少しのぞいてみれば、その身分の奥にある美的感覚の差違の絶対性が、ほとんど逆転してくるのが興味ぶかく、舞台の「花」の無心の方が、いわん方なく無限抱擁的な残影を後世に残した、と考えるのはわたしだけの好みでしょうか。

うつつのこの世に、もうひとつのわが世を幻出させようとしたのが世阿弥であったとすれば、草のおののく時のような声や、躰のゆらぐときも、世俗の濁りで出来た皮膜を自らはぎとる変身が、ひそかにつづけられたことでしょう。

今の先生のお姿と、ご自分をみつめられるもうお一人の先生はまことに象徴的で、自己肥大化した現代の知的状況の中に立つ忿怒佛そのものでございます。光背となって支えておられる奥さまのご苦労を想うとただただ胸が熱くなり、一字も読みおとすまいと心がけています。

定かならぬ存在感だけであったわたしの晩年、能という伝統演劇のあることを稲妻の導くごとくに教えてくれたのは、世阿弥の『風姿花伝』でした。

その時のわたしといえば、乞食の真似ごとをしていて、と申すのもチッソ東京本社の前に水俣の患者たちと一緒に座り込んで、道行く人に浄財を乞いながら『風姿花伝』を読んでいたのでした。十二月の末で、東京の舗道は毛布を下に敷いて座っても凍えそうで、乞食気分としては充分でした。いつおまわりさんが連れてゆくかわからず、「怨」の旗など立てて、街頭劇の演出者の気分でもありました。丸の内街の深夜、東京中の車両がわたしたちを轢くミキサーのようにきこえ、あの劇のそれが背景音楽でした。

　生きるとは何か、表現とはなにかと考えていたわたしには、『風姿花伝』は、大げさでなく歴史的出逢いでした。在京の友人たちがなにやら感じて、能舞台を観るように誘ってくれました。『逢坂物狂』という曲でした。雑念の宇宙に漂っていたわたしには、何が何やらわかりません。お囃子や舞と一体となった地謡の文言がききとれなかったのでございます。このわからなさは衝撃でした。たしか上演が長く途絶えていた世阿弥の曲、ということでした。

　そのわからなさをひきずって三十年ばかりの間、頭をあげて見ましたら、この国のふつうの民家の瓦の屋根、壁土のしっくいが身のまわりから消えていました。家々のめぐりにあった柳の木、ざくろの木、大きな柿の木、いちじく、みかん、竹林、大工さんの手仕事、左官さんの手仕事、畳屋さんの手仕事、馬の蹄鉄屋さん、鍛冶屋さんが消えました。そんな職人さんのまわりに立って、一日中仕事ぶりを眺めていた子供たちもいなくなりました。男の子なら大工さんか、左官さんになりたかったと想いつつ、幼女のわたしもみていたのでしたが。

家々の奥では、婆さまたちが「板三味線」を持ち出して、糸合わせをしておりました。猫の皮を張った三味線は買えないので、桑の木の板を張った三味線で、撥はそれでも本物のべっ甲で、結構「シャシャンシャン」とやっておりました。娘義太夫がはやってきていたそうです。その義太夫も、水俣までは「流れてこずに」、わたしの母は紡績工場の休みの日に、大阪あたりに聞きに行ったものだと話していましたがいじらしいものでした。

ひとりの上手が棹をかまえ、撥をとって、しゃらんと最初の音を出します。全身を耳にして三味の音をききとろうと身をのり出していた婆さまたちの表情を忘れません。皆々つつましく、板に張った三線の音にさえ、身をふるわせていた老女たちの一生。どんな下手が弾こうとも、彼女らは現実の音韻以上の妙音を聴きとっていたにちがいありません。芸能の本質とは、現世にない音に聴き入り、創り出し、それに酔うことのできる資質をいうのかもしれません。

月にむら雲

花に風

文言はたいてい、かたことじみて断念を含んでおり、この世の無情を生きる者の声でした。庶民にとって「花」とは、虚無というまなこが視る幻の蓮かと考えられます。

戦前、戦中、戦後の下層社会、それも辺境の民の間に生い育ちまして、ほぼ一世紀ほどは、系統的に実感できるこの国の早生《わさ》もの好きたちの近代化。その結果としての人間性の解体をまじまじと視てきました。水俣病と向きあってきた『苦海浄土』三部作は、まだ辛うじて息絶えずにいる風土の吐息を描きました。たぶんわが民族の資質もここらあたりで変質したと思います。合理性とやらを身につけ、下々の間にあった義理人情をコンクリート側溝に捨てて。

二十世紀までは辛うじて残っていた暮らしの中の伝統的な習俗も、庶民の芸能も村のあり方も、地方都市の姿も変り果てました。おおむねそれらは都市化を目ざしていましたけれど、これは民族ぐるみの世紀末的内部破綻ではなかったでしょうか。いつぞや、地方の白壁土蔵作りの民家がひき倒されるのを嘆いておられましたが、わたしは村々の内側からそれを見てきました。幕末から明治初期にかけて、江戸やその周辺の美しさたのしさについては、『逝きし世の面影』（渡辺京二著）なる名著がありますが、わたしは南九州の一隅にいて、この国のさらなる頽廃に立ちあってきた気がいたします。加速度を増すばかりのこの進行を止める力はありません。人間性の内部がこわれているのですから。

この文明的危機の中で、伝統芸能が見直されているのはせめてもの救いでございます。

めくら蛇に怖じずで、まったく無鉄砲に新作能なる『不知火』を書かせて頂いたのは、「橋の会」制作プロデューサー土屋恵一郎氏のお申しつけがあったからでございます。土屋さんはまた、東京で水俣フォーラムをまとめておられる栗原彬氏の友人でいらっしゃいます。思いがけなく、多田先生の能評で、ずぶの素人の作品をおとりあげ下さったばかりか、おほめにまであずかりました。土屋さんの人脈の中から超一流のシテ方梅若六郎氏をはじめとする能楽師の方々、人間国宝の亀井忠雄氏、笛の藤田六郎兵衛氏などなどぜいたくな陣容で舞台化して下さいました。この方々のおかげでございます。その後、狂言を二作ものし、土屋さん、笠井賢一さんにおあづけしています。舞台にかけられるかどうかまだわかりません。このあと、余命が与えられますならば、新作能を一つ書きたく心準備をしております。

この度のお手紙で非常に嬉しく思いましたことは、先生が『松風』を古典の中の名曲とおっしゃっていることでございます。

恥ずかしながらわたしも、そのように思いまして、十五、六年前、拙作『春の城』（島原の乱。〈石牟礼道子全集〉十三巻）の終り近くで、二人の少年にこの曲を舞わせております。原城にとじこもる前夜、現世での最後の宴に、何を舞わせようかと考えましたが、天草四郎が兄とも慕う若者に松風を、対する村雨を四郎に舞わせました。この曲の肉声をわたしは聴いたことがありません。

長崎を中心としたキリシタン文化にある程度魅入られていた一揆勢が、この世を捨てるときに、武家のたしなみとして持っていた鼓と笛、お謡の中に、四郎が舞う想像上の、それしか知らない曲として『松風』をえらんでおきました。お説はこの『松風』に魂を入れていただいたことになり、いたく感動いたしました。現世への訣別を心に秘めているのは四郎だけでなく、一座の人々もみなそうでございますので、『松風』はこの世への名残りの曲となりました。深い喜びでございます。なぜ、お能にこだわるのだろうと思いますが、せめて作中の人物たちと共に今生を生きたしるしを申しあげたいからでございます。

存在の黄昏の中にたたずんで思いめぐらしております。人間、この思考力を持ち歴史を持ち、文明をいとなみ美的感受性をもち、もののあわれをもち、ここまできて、さてしかし人間とはいったい何であったかと……。新作能『一石仙人』の東寺での公演、心うづくお誘いでございます。どんなにゆかせて頂きたくおもっておりますことか。

さまざまに計画を立ててみました。今この仕事場に、特別仕立の椅子を作ってもらっていて、特別仕立の座布団と背もたれを使って痛みのくる腰と背中をなだめつつ二時間置きにベッドでやすみ、その間、歩く練習を十分くらいづついたします。廊下に手すりをつけてもらってすがりつつやるのでございます。転倒にとくに気をつけています。腰と膝と足首に力がはいりません。しかし歩くけいこを一日でも休むと歩けなくなりそうで、これはやめられませんが、二十分も歩けば足のつけ根が痛いのでムリはしないようにしています。

手の不自由は、メネシットの服用を研究して、薬が効いてくる時間に書くようにしています。

お能を見せて頂く時間を二時間として、熊本空港までと、飛行機の中を特別座布団持参で向うの空港からホテルまで、車椅子でどのくらいかかるのか、ヘルパーさんをお願いして、トイレのお願いもして、食事のこと寝床のこと、朝の洗面のこと、知人たちと逢ったときの躰の不自由、などなど考えますと、今の体調ではとても持続不可能と判断されます。

かねては公開されていない東寺の秘仏たち、朝日から今出ている『仏教新発見』でつくづく拝見しながら、当日のご盛況をしのんでおります。無念でございます。せめて「自然科学とリベラルアーツを統合する会」に入会させて頂きたく手続きをとりました。

九月二十一日

すず虫や岡の日ぐれのひがん花

石牟礼道子

第九信

また来ん春

多田富雄

石牟礼道子さんへ

また辛夷《こぶし》の花火の季節になりました。

かろうじて生き延びて、今年もまたこの花が、病院前の空にぱっと開くのを、リハビリに通う車椅子で待っております。今年は正月からの寒波で、辛夷はまだ莟《つぼみ》を握り締めたままですが、そのうち春の雄叫びのようにパッと満天に開いてくれるでしょう。

私たちが血を吐く思いで、署名を集め、訴え続けたリハビリ日数制限反対は、今年も無残に政府によって握りつぶされたままです。それればかりか、治療成果によって報酬を上げる制度を作って、患者を選択し、治らないものを切り捨てるという残酷な政策を実行したのです。機能が衰え廃人になる人が続出しています。

現代の「姨捨」です。障害者自立支援法を始め、この四月から実施される後期高齢者医療制度など、老人を現行の健康保険から除外し、医療を制限し、負担を強いる「姨捨政策」です。弱いものから切り捨ててゆくという政策は、「棄民」という言葉がまさに相応しい。

国民の生活を無視して、侵略戦争に追い込んだ戦前の歴史を、小田実さんは「棄民」と呼びました。後に小田さんは、「これが人間の国のすることなのか」と怒りをこめて書いています。その歴史がまた始まろうとしている。慄然とする風潮です。

あなたのようなパーキンソン症候群も、リハビリを充実させれば進行を食い止めることが最近わかっています。それを政府は阻止したのです。残った機能を維持したいという患者が、見捨てられたのです。どうせ完治しないなら、早く死ねというわけでしょう。国民の生存権の侵害が平然と進められているのです。「棄民政策」、「姨捨政策」といわれても当然です。

このままでは、小田実さんや鶴見和子さんの言われたとおり、この国は戦争に突き進んでしまうかもしれない。これはもうリハビリの制限の問題ではない。人間の危機です。私は本気で心配しています。抵抗を止めるわけにいきません。

いきなり不穏な言い方で始めてしまいました。私は我慢できないのです。お許しください。

まずこの前の続きをご報告しなければなりません。この前のお便りは、放射線照射の副作用で尿閉の苦しみの真っ最中に書いたものでしたね。副作用は照射終了後も二ヶ月間続き、私は耐え切れず、持続的導尿に踏み切ったこともお話ししたとおりです。バルーンつきカテーテルにつながれてしまい、身動きできない日々が続きました。しかし、カテーテルのない時代だったら、私は死んでしまったかもしれません。

カテーテルによって、ともかく生き延びたのですが、しかしそれは新たな苦しみの始まりでした。車椅子に座って町に行くと、道路に敷かれた盲人用のタイルのようなちょっとした段差を越えるだけでも、飛び上がるほどの激痛が走る。その後は真っ赤な血尿です。

出血と発熱におびえながら、京都東寺での私の能『一石仙人』の上演に立ち会いました。尿バッグを背中にぶら下げて、妻に車椅子を押してもらい、新幹線に乗り込みました。

息も絶え絶えでしたが、二年ぶりに乗る新幹線は、旅の興奮を思い出させてくれました。駅のにぎわいも新鮮で、しばらくは急ぎ足の乗客の姿を飽くことなく眺めていました。車窓に広がる秋の風景は、家に篭ってばかりいた私を、久しぶりに慰めてくれました。

京都に着くころには、尿は真っ赤になりましたが、駅ビルの中のホテルに無事チェックインしました。この日から三日間、私にとっては危ない橋を渡るような冒険生活が始まりました。

東寺、つまり教王護国寺の金堂には、空海が創造したという、有名な立体曼荼羅が安置してあります。その前に仮設舞台を組んで、アインシュタインの化身である一石仙人を呼び出し、宇宙の起源から消滅までを語らせ、その間に核時代の人間の運命を見せようという趣向です。私たち「自然科学とリベラルアーツを統合する会」の自主公演です。一二〇〇年前に空海が夢見た胎蔵界曼荼羅の宇宙と、アインシュタインに始まる現代物理学の宇宙観がぶつかる場でもあります。科学とアート、科学と宗教の出会いもあるはずです。

ホテルで休む間もなく東寺まで足を伸ばすと、もう金堂前では舞台の組み立てが始まっていました。この舞台を設計したのは、親友の建築家、岩崎敬さんです。金堂の前には黒いビニールシートが敷かれそこには水が張られます。その上に、黒く塗った間伐材がうずたかく積まれ、さらに薄い舞台の板が置かれます。一本も釘を使わず、かみそりのように薄い板が、無重力空間のように置かれるのです。

上演当日は、この季節には稀なる好天に恵まれ、東寺の五重塔が秋空にくっきりと姿を現しました。心地よい秋風の吹くなかで、舞台作りが進められました。アルバイトの青年たちが一つ一つ黒い間伐材を積み上げてゆきます。ちょっとでもずれると、舞台は崩れてしまいます。息詰まるような作業です。能楽師が作りかけの舞台の上を歩いて、足踏みをしたり距離を測ったりしています。

私はスタッフに挨拶をしてから、車椅子で池のほうに行って待つことにしました。とうとうここまで来たという興奮を噛み締めました。釣瓶落としの秋の日が西の空に隠れようしているころには、五重塔が雲ひとつない夕空に影を作りました。この前景で私の作品が演じられる興奮が高まってきました。運び込まれた組み立て椅子が会場に並べられたころ、観客が三々五々入ってきて、夕日が沈みこんだころにはほぼ満員になりました。いよいよ開幕です。

プロローグは大鼓《おおかわ》の一調です。大倉正之助さんが無言で静かに舞台の正面に座り、大鼓を構えました。ざわざわしていた客席がぴたりと静まりました。大倉さんの芸は、こんなところでも観客の気を飲んでしまうと感心しました。

演奏は、『翁』の中で演じられる「三番叟《さんばそう》」を大鼓一人で打つ一調です。通常は黒い翁の舞に、大鼓一丁と小鼓三丁、それに笛が入って囃す秘儀ですが、大倉さんは一人で、この日本最古の歓喜の舞を再現したのです。「イッヤー」という掛け声が響き渡ると、総毛だつような祝祭の興奮が体を駆け抜けました。いよいよ祭は始まったのです。

その興奮が覚めやらぬうちに、眼目の『一石仙人』が始まりました。旅の途中の一行、ワキの従者とツレの女学者が、ユーラシアの果ての砂漠にやってきます。

異教の寺や市の人
駱駝の脚に任せつつ
恒砂《ごうじゃ》の国を過ぎ行けり

にわかの日蝕に戸惑った旅人は、不思議な牛飼いの老人に呼び止められ、奇想天外の経験をします。空間が歪み時間が伸び縮みする相対性原理の世界です。驚きいぶかっている旅人に、後は「一石仙人に訊き給え」といって、老人は砂嵐とともに天空に飛び去ります（中入り）。

やがて真の夜になり、何かが胎動する予感がし、大倉さんが新たに作曲した「揺らぎの手」が始まりました。天地がかすかに揺らぐような静かなうちに劇を秘めた登場楽です。このとき予期せぬ劇が起こりました。偶然にも風が吹いて、舞台下に張った水面がゆらゆら動き始めたのです。舞台に立った女の能衣装の模様にゆらゆらと水紋が映し出されました。揺らぎは舞台一面に広がりました。神様が偶然の演出をしたのです。まるで夢のように揺らいでいました。

音楽はすぐに「オオベシ」に変わり、白い法被半切の衣装を着た一石仙人が現れます。「オオベシ」は、天狗などが現れるときに奏されるゆったりした地響きのような音楽ですが、実際はマッハ3の速度で出現した様子が表現されます。白頭の白い毛が後ろになびいています。手には太い鹿背《かせ》杖《づえ》をついています。

それからは、ご存知の宇宙生成から終末にいたる壮大なドラマです。有限の人間の運命をクセ舞に織り込んだ舞です。次いで人間に教えてしまった核の力を見せ付けたのち、「この力を戦さ、争いには使うなよ」と念を押します。これらはシテの「立回り」、子方の「舞働き」で表現します。清水寛二さんはこれまでにない力強い演技で、見る人に感動を与えたと確信します。彼も体のいろいろな方向から力が働いて、無重力空間で舞っているような気がしたといっていました。

シテの演技もさることながら、岩崎敬さんが作り出した間伐材を使った、水に浮かんだ無重力の舞台に、偶然の揺らぎが加わり、自然の中で演じられる大宇宙の能に、奇跡的なクライマックスを作り出したような気がしました。東寺の庭に神が降り立ったのです。

彼処の星雲、宇宙の微塵を
波立て打ち払い、時空を飛行して……
たちまち起こる電磁の嵐
重力を越え、時を戻し
歪める地平のさかしまの天地に
すなわち一つの火球となって
黒点に引かれて失せにけり

と袖を巻き上げた一石仙人が金堂の扉に吸い込まれた瞬間、金堂内陣に灯りが煌々と点き、立体曼荼羅を照らし出しました。宇宙の中心たる大日如来の姿が、劇的に浮かび上がったのです。

こうして東寺の奉納野外能は終わりました。一千万円に近い赤字が出ましたが、みんな命がけでやりました。私たちにできる最高の表現を達成したという満足が残りました。

翌日は夜半からの雨が降り続き、公演があと七、八時間遅かったら、すべては無駄になったことでしょう。天も味方してくれたのです。

当日お出でになれなかったあなたに伝えるために、長々とジオラマ風に書きましたが、お楽しみいただけたでしょうか。


そして京都から帰って、二ヶ月ぶりに病院の放射線科を受診しました。京都公演のために気持ちが高揚していたこともあって、私の免疫系は最大に働いたのでしょう。この二ヶ月で癌は縮小し、リンパ節転移も消えてしまったのです。私は今回も勝ちました。持続カテーテルを抜くのは怖かったのですが、異常もなく抜けて、その後は幸運にも自然排尿ができるようになりました。私の生命力は今度も死を免れさせたのです。

今は静かに執筆生活を送っています。『読売新聞』に月一回の、「落葉隻語」というエッセイの連載を受け持ったので、あまり気を抜けない生活ですが、私にはいい刺激になります。


思えば二〇〇六年の節分の日に、あなた宛の最初の手紙をお送りしてから、二年がたったことになります。この往復書簡も、今回で最後だそうです。途中でいつ中断するかと、心もとなく思っていたのですが、とうとう最後のお便りを書くことができました。その間、絶え間なく病気に苦しめられていましたが、一方では、それは生きるための戦いの毎日でもありました。よくもちこたえたものです。

そんな中であなたとの文通は、負けそうになる気持を翻す契機になりました。あなたの手紙には、不思議に心を和ませ、力づける力がありました。私があなたの文学には、母性というより姉性があるといったのは、この寛容で心なごませる力です。絶望的な苦しみを受け止めてくれようとする姿勢です。それが水俣裁判でも、どんなシュプレッヒコールよりも強力な後ろ盾になったことでしょう。

私自身は、自分のことを語るのに精いっぱいで、あなたの声を十分に聞き取ったか、内心忸怩たるものがあります。ご自身の病気が進行する中、私の際限ない苦しみにお付き合い頂きました。どんなにか苦痛なことだったでしょう。

でもあなたの切実な祈りは、末世のような現代の世界に、必ず響き渡ることを確信しました。もともとは理系の私にとって、美というものを全身で受け止め、生きているあなたとの対話は、どんなに感性の涵養に役立ったかわかりません。

能『松風』に対するお説も、この能の本質を考える上で、いい手がかりを与えてくれました。観阿弥作のこの能は、初心者には難しいのですが、天草四郎と、彼が兄のように慕う少年に舞わせるという趣向に、死の運命を前にして、「松風」が舞う、破ガカリの「中ノ舞」とその舞い返しの「破ノ舞」を舞わせることの意味を問いかけます。生きようとする二人の少年の、瀕死の蝶の羽ばたきのような妄執が、「後より恋の責めくれば」とあるように、切羽詰ったような舞い返しの「破ノ舞」を舞わせるのではないでしょうか。きっとこの二人は、衆道で結ばれていたのでしょう。

さて紙数も尽きました。名残惜しいことは山々ですが、この辺で筆を擱きます。まだ春を惜しむ季節には早いのですが、これで「また来ん春」を祈ることとします。

また来ん春と人は云ふ
しかし私は辛いのだ

中原中也

石牟礼さん、くれぐれもお体をお大切に。

二〇〇八年三月　花を待つ日

多田富雄

第十信

ゆたかな沈黙

石牟礼道子

多田富雄様へ

ここ南国でも四、五日ごとに雪のちらちらする空でございます。もすこし青くなってくれれば、辛夷《こぶし》の花になってくることでしょう。早春の空というのは、切のうございます。

お心こもるお便り、くり返し拝読いたしております。何よりも癌が縮小し、持続カテーテルを抜くことがおできになったとのこと、お二方の闘病のご意志が神さまに通じたのであろうと、心から有難く存じました。何とぞ今よりさらに平安がもたらされるようにと切願いたしております。

じつはこの二十八日、親友を亡くしまして、覚悟はしていたものの、喪失感があまりに深くて、なかなか立ち直りがむずかしゅうございます。水俣病患者で、杉本栄子といい、偉大としかいいようのない人柄でした。私よりも十歳若く、漁をする人でしたが、『おもろさうし』の中の恩納ナビのような人でした。先生とお話しさせていただくのに、彼女の上代的資質を紹介したかったのでございます。私にとりまして、天草島をふくむ不知火海域方言の風土は、上代神謡のごときものの言いぶりが、まだ遺っている情念の風土でございます。先生のおっしゃいます「人類が根源的に持っている演劇的衝動」を生活化したような村々も生きていて、中でも彼女の家は、非常に多面的な大衆演芸の素質を持っている家でもありました。

栄子さんのことが頭からはなれないものですから、ついペンがすべりました。

『一石仙人』の奇跡的な舞台を、出来うれば、彼女とともに観せていただきとうございました。

ただならぬご体調をおかかえになりながら東寺での『一石仙人』の再演、克明に文章化して下さり、胸せまりながら拝読いたしました。無上の贅沢、身にあまるよろこびでございます。うつつの眼前に視るごとき舞台の展開、それだけでなく、こまやかな準備段階のありさま、間伐材を使われましたとのこと、そのもの音、大倉正之助さんの場内をひきこまずにはいない息づかい、ひびきわたる大鼓《おおかわ》の音、と、さながらその場に立ちあっているごとき臨場感を味わわせていただきました。もったいないことでございます。清水寛二氏ほかの皆さま方の衣ずれの音さえもが能の音楽の中に組み込まれていて、胸とどろく想いをいたしました。西洋のバリトンもたまには晴朗でいいものですけれど、正之助さんのは、存在の根底から出てくる声を伝統的な抑制をくぐらせて発声されるので、聴く者をしてハッとさせずにはいません。この度の舞台ではこの人の新しい曲づけも聴けるそうですが、いかにこの新作能が、能楽師たちを刺激していることかよくわかります。

刻々とすすむ仮設舞台の設営、それもどうやら舞台の下に水面を張った無重力の舞台であるとのこと、秋の夕暮れの五重塔の影、ご親友岩崎敬さまとよほどに呼吸のあった演出なのでございましょう。宇宙の中心たる大日如来をそこに顕現させせんがための背景と聞けば、アートとしての、あるいは宗教にも近づく予感のする科学を想像いたします。かねがね科学は芸術になりうるだろうかと思っておりましたので、アインシュタインの時間の中に東寺の大日如来が顕現するとしたら、能の作劇史上、画期的な出来ごとではないでしょうか。

観衆は胎蔵界曼荼羅をイメージすることで自分もこの劇に参加するにちがいありません。アインシュタインは空海の東寺と出合ったことでたいへんわかりやすくなりました。それにしても「胎蔵界曼荼羅」とは何とびっしり実質のつまった言葉でしょう。多田富雄先生ならではの能の現代的様式となっていると感嘆いたしました。「東寺の庭に神が降り立った」クライマックスをわたくしも感じることができ、この上なく光栄に存じます。

奇跡といえば、私の『不知火』水俣奉納の夜も、二里ほど先の鹿児島県出水市まで来ていた台風がぴたりととまり、能が終わって四時間ほど後に上陸して、遠来の方々が「奇跡だ」とおっしゃって下さいました。それは美しい夕空と海とを背景に奉納できて、天の配慮だったと思っています。

久しぶりに宗教感情をともなった芸術的興奮をおぼえております。心が枯渇して来たら、東寺の無重力舞台にゆらぐ水紋を思い出すことにいたします。

みなさま「いのちがけで」参加なさいましたとのこと、心を燃やすことのない現代で、私ごときまであやかることができて、至福の時間をいただきました。ふしぎなご縁でございます。

「リハビリ日数制限反対の署名運動」について考えたことを申しあげます。身の内のふるえがとまりません。政府のとっている態度を見ておりますと、水俣のたどってきた五十年をまざまざと思い出します。

霞ヶ関はその内懐に、のっぺらとした犯罪官僚を育てる巣窟をもっているのではないかと疑われます。「棄民政策」は炭坑があった頃から伝統としてあると思います。弱者とみれば、国家予算を盾にとって、生かすも殺すも生殺与奪権は常に彼らの手にあるわけで、彼らは近代が生んだ匿名性の、新しい権力だと私には思われます。この匿名性は、たぶん彼らの快楽ではないでしょうか。鶴見和子さんの悲痛なお言葉を黙殺したのも彼らにとっては快楽だったにちがいありません。

最初から、国家的欺瞞を身をもって見破ったのは、おそらく水俣病患者でありました。国家的欺瞞と申しましたが、厚生省の組織が原因や責任の所在を隠すように動くと、たちまち県の行政も市町村の末端組織、行政協力員に至るまで、いっせいにこれにならって動き、一部の医師たちでさえこれにならって、病人を侮蔑してはばかりませんでした。不可思議な権威主義が横行しているのも事実で、これが、もの言おうとする人たちを弾圧しようとかかっていますから油断なりません。そういう意味で行政の対応はじつに素早かったといえます。闇に葬られた患者たちがどれほどいたことでしょうか。

以後、不知火海域の疫学調査と潜在患者の洗い出しは、患者各派や支援者や胎児性患者の発見者である原田正純先生がおっしゃり続けているにもかかわらず、手をつけられないままです。事件発覚より、五十年の年月が経ちました。医学的に救済された人はただの一人もおりません。

一九九五年、村山首相がはじめて患者らに陳謝し、政府与党が「最終解決案」なるものを提示。当時の未認定患者らもチッソと和解、一律二六〇万円で解決したかに見えました。一九九九年、政府は、チッソ救済のため一般会計から資金を投入。二〇〇三年、水銀ヘドロ浚渫後の百間排水路で、高濃度のダイオキシンが検出されます。チッソ内の老朽化した農薬工場のものでした。あきれてものがいえません。

チッソ内の混乱がしのばれます。村山首相時代の一律二六〇万円だけでも、どれほど苦労しているかと呟きあっている由がもれ聞えてきます。

同情しないでもありませんが、患者たちはもっと悲惨です。チッソがたれ流した原因物質は一九三二年から一九六八年まで、三十六年間、化学工業の原料が石油に変るまで流しっぱなしだった（アセトアルデヒドの増産、有機水銀を含む排水を出す）のですから、いったいどれくらいの量だか、チッソにも計算できないのかもしれず、それくらい不知火海の汚染はすさまじいもので、政府がこの地域の徹底的な疫学調査を、五十年間もほったたらかしなのは、出てくる結果がおそろしいのかもしれません。

これは何たる事態でしょうか。一軒一軒を見れば、三代にもわたっています。胎児性となって生まれ、齢五十前後になった人々は、いずれもまだ青春のおもかげを失わず、その上、誰が見ても重篤の症状をそなえています。人間の罪、社会の罪を想わずにはいられません。

そろそろ親をうしないはじめているこの人たちが集まって、「ふつうの人」のように食事を共にし、「顔を見合ってほっとして」、「風呂にも入れて」、「時々泊れる家」をと、さきほど記した杉本栄子さんを理事長として「ほっとはうす」なる家が、完成いたしました。私もなけなしの気力をふりしぼって、この事業に参加しております。「ふつうの人」と言っても健康な人の介助なしには出来ないことで、順番からいえば、私などは事業の途中から脱落するでしょうけれども、胎児性の人たちがのぞんでいる「ふつうの人生」とは、今、日本人のすべてが失いかけている人生ですので、今、水俣でこそ、この初々しい志を形にしておきたいと願っております。幸い加藤たけ子なる人が胎児性の人たちの姉さまのようになって働いているので、私も少しなりと下働きをせずばと思っています（借財が残っておりますので）。と言っても、私自身、障害者なので邪魔にならぬよう気をつけています。

政府は水俣の潜在患者たちを敵視しはじめたようにも見受けられます。それぞれの人名の上に「棄却」「棄却」とハンコを押す時、どんな気持ちでしょうか。「蠅たたき」で、たたき潰すような感じでしょうか。

手も足も不自由をきわめている人たちを数多く見ている立場からいえば、気の毒でなりません。現在、政府の計画している「救済法」では一人年間一五〇万円を支給する案が出されているとか。患者たちも高齢化して、ほどなく死に絶えるでしょうし、政府は窓口をしょっちゅう交替させて、しんぼうくらべです。身の内の水銀その他の重金属を追い出せないで苦悩している人たちを放置したまま、何の治療法もほどこさず、「見せ金」をちらつかせて、文句あるかという態度で、水俣の現場ほど、わずかな「金」で、人間がたたき潰されているところはありません。

国際的な場で、環境問題の原点はこうなっているのだといえるでしょうか。国辱ものではないでしょうか。

先生に万一のことがあったら責任を感じるのでしょうか。個々の生命に軽重はつけられませんが、ひたすら弱者たちの立場から、壮絶なたたかいを続けておられるお姿に、水俣の現場から、私もまだ崩おれない一人として、連帯の気持ちを捧げたいと存じます。

長い年月の間にはごくまれに、中央官僚の苦悩が伝わってくることがあるのですが、人間的な回路が閉じられた中で、そういう人は自殺したりして、心うずくことでございます。近年、熊本県政には潮谷義子知事が立たれて、患者の肉声に応える動きが出てきたものの、患者たちの認定基準をひろげるには至らないまま退職されるようで、ご苦労であったと思います。

それにしても水俣の場合は、地域丸ごとの大災害でございまして、認定申請者、訴訟提起者、死者、生活を奪われて他県へ移出した者たちを合わせると、現水俣市人口二万九千人をこえる者たちが、被病を名乗り出ているわけで、政府はこの地域を丸々、抹殺できたら楽、と思っているかもしれません。精密に調べるとまだ患者数はふえるはずですから、チッソの補償倒産もありえます。個々の病人の言い分など、かまっておれるか、と思っているらしいのが、最近のチッソを見ているとわかります。

さて、京都、東寺でのお能『一石仙人』、這ってでもゆくべきだったとやるせない念いがこみあげました。またの機会のために一日二十分、手すりにつかまり、歩くけいこを始めました。大倉正之助さんのあの、場内の気息をいっきょに薙ぎはらうような発声と大鼓《おおかわ》の音を想像いたしました。

先生が『生命の意味論』の中でのべておられる「心の身体化」というくだりをあらためて読み、卓越した芸術論が内包されているのを感じました。高度に理性的な科学者の思考から出てきた立論で、ご病身をなげうっての「リハビリ日数制限反対運動」と、『一石仙人』上演にとり組まれたことは、お躰にも奇跡をもたらしました。極限的な生命活動から生まれた「超《スーパー》システム」の生身のかがやきを見た思いがいたします。

盛りを迎えた一国の文明にも、定命というものがあって、その内部には、破綻というか、滅亡が宿っていると思われます。「生命という超《スーパー》システム」をここにあてはめ、個々の能力をすべて内包させ、理想としての文明をあらわしたにしても、自己崩壊の要素をそのどこかに伏在させていて、たとえば、ナチという民族がユダヤの人々を殲滅させようと思い、実行しかけたとたんに、十九世紀の人道主義は滅びました。同じ頃、日本民族がもっていた武士の情も、仏教的慈愛も、「南京虐殺」その他で、民族の品性は全く地に落ちました。お説のようにかわいらしい元祖細胞が生まれたその時に、もうその未来も定まっていたのでしょう。

老化と胸腺の細胞を見てゆく上で、一日に十億をこえるアポトーシス（予定された死）がおこっているのだとおっしゃる説にはしんから驚愕しました。異なる個体同士が生きてゆける自己と非自己が存在するわけも、おぼろげながら考えられるようになりました。

人類がことばを獲得してから約四万年ということですが、二十五億年かかって、最初の真核細胞が生まれた時すでに人類誕生のレールが敷かれ、ひょっとすると人類の運命さえ決まってしまったのかもしれないとおっしゃいます。

それからたかだか十億年の間に複雑な人間がつくり出され、ていねいに死者の葬送までしたネアンデルタール人は、言語のない静かな民族であった、とお書きなのがとても印象的でございます。この沈黙の時代を、満を持していた高度な感受性の時代だったと、とりあえず考えることにいたしました。

今いちばんの関心は、「心と魂」が細胞論で証明できるだろうかということでございます。人間にかぎりませんが「意識」あるいは「思い」でもよろしゅうございます。さらにはまた、分子単位で生命を論じるお方が、これほど能という伝統芸能にこだわられるわけを私は知りとうございます。言語は生まれた時から、成立の過程を含めて人類に与えられた天才だと私は思うものでございます。どのように凡愚にみえることばでも、その前後に無数の、無音の、膨大な意味や歴史を従えて発語されたのでしょうから。

言葉のなかった長い世紀のゆたかな沈黙。たくわえられていたあらゆる天性とゆたかな感受性を思います。人間たちの表情は、今よりもふかぶかとしていたのではないでしょうか。人なつかしい全身の様子をしていたのではないでしょうか。

「超《スーパー》システム」と名づけられた細胞たちやDNAたちの働きぶり、「心」や「魂」や「意識」や「言語」、「歴史、文化、芸術」、「経済」などをかかえた黒子たちを知りとうございます。はなはだしく計算に弱い私は、一人の人間に六十兆を超える細胞たちが宿って、部分的なアポトーシスをくり返し、あらゆる個体と運命を共にするらしいと聞けば、なにやら不穏なような落ちつかない気分でございます。

ご著書の『脳の中の能舞台』の中に、「間の構造と発見」という章があって、能の音楽を論じておられます。「日本文化の中に古く根付いている『間』

の感覚はどこに起源を持ち、どのようにして発展してきたのであろうか」と。

大正から昭和前半の能楽界で中心的な役割を果たした大鼓《おおかわ》の葛野《かどの》流の長老川崎九淵翁が、晩年ＮＨＫで能楽の録音をするとき、ＮＨＫの技師に難癖をつけた。「あなた方はわたしがうつ大鼓《おおかわ》の音ばかり録音しようとしているが、音と音の間の何も聞こえていない部分を録音していない」といわれ、ＮＨＫの技師が大いに困った。というくだりはじつに示唆深いお話でございます。

音と音の間の何も聞こえていない部分には何があるのか、日本語で表現されるべき音楽的のびやかさが、そこには共有されている気がいたします。読者にはここの部分を本書で読んで頂くことにして、間《ま》の感覚は「日本人独自の音楽的発明」で、「非存在の時空を発明し」たが、能という音楽劇の中だけに止まらず、「茶」、「造園」、「水墨画」、「禅」などの基礎にもなったのではないかとおっしゃるのには深く納得いたします。西洋の音楽とは根底的にちがう能の音曲の間のとり方、それぞれの楽器のあつかい方、声の出し方。ご自分で舞台の鼓を打ってこられた方ならではの、吐く息、吸う息が感ぜられるようなお文章でございました。

「人類が根源的に持っている演劇的衝動」については、前々から心ひかれ、自分のテーマとして考え続けております。花道《はなみち》に対して、奈落があるように、日常の中での狂気と演技は表裏一体のものと考えられます。演劇的頂点と間《ま》、などなど私には理論化できませんが、秘曲とされる老女ものの能の中に、死霊たちにまざって狂女が出てくるのも、とりわけ気にかかります。

ご不自由なお躰で新幹線に乗られ、「旅心」を楽しまれたとのこと、つき添われた式江さまのお世話ぶりをもしのびました。今日は、『朝日』の東京の夕刊が送ってまいりまして、偶然お二方の記事を拝読、いかにもおしあわせそうで、式江さまの流動食をさし上げる時のかけごえ、「ようござんすか」云々には思わず吹き出し、たちまち涙がでました。読者をも幸福にし、開放感をいざなう記事でございました。

私たちの文化の来し方行く末について、絶望よりはより豊かな未来像を思い描こうと努力しております。ことばは、人類がはじめて神を意識した時のおどろきが、声になったと信じています。一石仙人の出現に伴う時間と、それを感じる人々の感受性が光の波となってこちらにも届きました。

永遠という観念にあこがれて、少女の頃から文章を綴っておりましたが、長じて「姉性の文学」といういともリリカルなおほめの言葉を頂きました。

世界の伝統芸能の中でわが国の能がきわだって水準が高いであろうことは、入り口に立ったばかりでもわかります。今少し生きて、お目にかけられる作品をあらわしたく存じます。短い間に、たくさんたくさん勉強できて、至福の時間でございました。病院のゆき帰りに近くの小学校のそばを通りました。校庭の一隅がやわらかく光っていました。辛夷《こぶし》の花びらが散り重なっているのでした。ありがたく存じます。御あとを慕って参ります。何とぞまだ死なないでいて下さいませ。

二〇〇八年三月二十六日

石牟礼道子

あとがき

多田富雄

　石牟礼道子さんと往復書簡をやってみないかと藤原書店の藤原良雄さんからお勧めを受けたのは二〇〇五年の春であった。石牟礼さんは私のひそかに崇拝する女性の一人だったので、一も二もなくお引き受けした。

　私はそのころ、かなり進行した前立腺癌が発見されていた。手術や合併症の治療に忙殺されて、私がお手紙を差し上げられる状態になったのは二〇〇六年に入ってからであった。はじめから完成が危ぶまれた。

　私は二〇〇一年に激しい脳梗塞の発作を経験し、奇跡的に回復した後も重度の右半身の麻痺と嚥下障害が残って、ものも満足に食べられない身となっていた。言葉は一言もしゃべれない。そこに癌が加わり、身動きできない状況になっていた。

手術の後も、尿路に院内感染の洗礼を受け、三重、四重の苦しみに意気阻喪していた。そんな苦しみの中で、春を待つ節分の日に、やっと最初のお手紙をお渡ししたのを覚えている。

はじめの手紙で予感したように、この往復書簡は、私にとっては「受苦」の記録になってしまった。この二年間はその後の癌の再発や放射線治療の副作用もあって、私の人生にとって最も苦痛に満ちた時間として、記憶に刻み付けられた。

そのさなかに私の新作能『一石仙人』が、京都東寺で上演された。一年前から予定されていたビッグイヴェントであった。私の主宰する会「自然科学とリベラルアーツを統合する会」の命運をかけた催しだった。

私は医師からも出席をとめられていたが、命がけで京都まで行き、公演を成功させて、血まみれの尿器をぶら下げて帰った。「受苦」は報われたのだった。その後は癌の症状は影を潜めた。

苦しみは人を成長させるが、時には人格を破壊する。石牟礼さんとの往復書簡は、苦しみの中で、ぎりぎりの自己を守る戦いでもあった。

それから丸二年間、お手紙を交わしたが、勢い私の手紙は、苦しみの日々の報告になってしまった。おかげで、私の人格は破壊されなかった。苦しみを文字にするだけで、魂が救われたのだ。

石牟礼さんは、私の苦しみを全身で受け止め、さりげなく魂を別な次元に導いてくれたのだ。こんな優しさが、石牟礼文学の底に流れる「姉性」であった。私は彼女の前に丸裸の自分を晒して、訴え叫び、自分を主張するほかはなかった。

石牟礼さんのお手紙は、時に一編の短編小説のようで、私一人がまず読んでしまう特権を、何かもったいないような気がした。そして共通の話題としての新作能のことになると、私もありったけの力で投球し、石牟礼さんはそれを全力で受け止めてくださった。

もうひとつ石牟礼さんに教えられたことは、静かな抵抗の精神の持つ強さである。水俣闘争で培われた抵抗の力は、優しさというのが共感の力をまとうと、菩薩のように人の魂を鼓舞することであった。

たまたまこの時期に、私はリハビリ打ち切り反対の闘争に参加していた。障害者や不自由な患者の「治るための医療」、リハビリテーションを中止させるのは、病気から治るのをやめろというに等しい。何人もの物言わぬ患者が、泣く泣く訓練室から去っていった。まもなく廃人となった人もいる。私は障害者の一人として、医師や患者と一緒に反対の署名を集め、厚生労働省に乗り込んだ。

後に後期高齢者医療制度として非難轟々の、弱者切り捨てと差別の制度は、すでにこのときに動き始めていたのである。私たちは真っ先にその臭いを嗅ぎ当て、リハビリ打ち切り反対運動を始めたのだった。

厚労省は、血のにじむようにして集めた四十八万人の署名を握りつぶし、かえって締め付けを強化した。治療を制限するばかりでなく、患者を格付けし、受けられる医療を差別する制度に患者たちは怒った。

そのときの往復書簡では、「忿怒佛」のようにいきり立つ私に、水俣裁判の長い経験を諄々と説き、怒りや悲しみの「魂の居場所」を教えてくれた。

私など及びもつかない悲しみと苦しみの中で、石牟礼さんは魂のよりどころとして文学を育ててきたのである。それを行間に見出してどんなに慰められ、力づけられたか。

とげられぬ想いのごとき一と世なり
海面にとける雪の花びら

という一首に、石牟礼さんの思いを読んで、ひそかに涙したことを思い出す。

私とは違うタイプの難病に苦しんでおられた石牟礼さんに、捧げられるような歌は書けない。でも彼女の現世への、深い絶望感は私も共有するところが多い。

昨近の世界的な自然災害の多発が、彼女の警告した人間の際限ない環境破壊に起因することは、ますます明白になっている。経済優先の社会が垂れ流した文明の残渣が、めぐりめぐって、この世の終わりのような恐ろしい災害をもたらしていることにたじろぐのは当然であった。

どうも、私の子供くらいは何とか生き延びられても、孫の時代はだめかもしれないと、最近うまれた双子の孫の顔を見ながら思う。その責任は私たちの世代にあると思わざるを得ない。われわれはそのときはいないからと逃げるわけにはいかない。

私たちはこれを作り出した責任をどう負ったらいいのだろうか。石牟礼さんはその責任をペンで果たしている。書き残さないと、また過ちは繰り返される。それも類ない優しい文体で、弱者の苦しみを描き続けた。怒りを包んで、そこからほとばしり出る魂である。それが石牟礼さんの「姉性」だと私は思う。

ともすると絶望、末世の思想に陥って、そこから抜け出せない現代である。しかし彼女の強さと優しさは、一抹の希望を予感させる。私も、私の責任を果たす努力を続けなければなるまい。

この書簡集は、苦しみの中でそんな希望を発見する過程の記録でもあった。苦しかっただけにそれはありがたい経験であった。ひとえに石牟礼さんの忍耐強い導きがあったからと、心からの感謝を捧げたい。ありがとうございました。

けだし言葉の力は、どんな苦しみをも超えることを実感した。この往復書簡は言葉の魂、「言魂《ことだま》」のやり取りであった。

ついに中断もせず、ここまで続けられたのは、藤原書店の刈屋琢さんの穏便な励ましと、厳しい催促の賜物である。よく見捨てないで面倒な手紙の仲介をし、まとめてくれたものと感謝している。もうだめかと思いつつ、二年も生き延びて完結した喜びを噛み締めている。

二〇〇八年五月七日

あとがき

石牟礼道子

なんという雄々しい精神力かと、お便りを頂く度に衝撃を受け、力づけられてきた。それにしても凄まじいご病状である。

式江夫人のご献身が並みのものではないのがひしひしと伝わって、かけがえのないカップルとおつきあいねがっていることに感動してきた。

赤裸々にお書き下さって、読むのに苦痛ではなかったかといわれるがとんでもない。人間精神の崇高さがここまで克明に記録されたのは希有のことではあるまいか。はしなくも立ち会うことになって感にたえない。

学歴も肩書きもないただの一物書きが、学問と最高の伝統芸能にあこがれて、おつき合いを光栄とし、勉強させて頂いた。生涯の幸福である。人間的な平安が、お二方の上により長く続きますようにと切に祈る。

未曾有の出版不況といわれる。文化と哲学の、そして人間性の末期の中にあって私どもは来るべき未来をも体感しつつある。藤原良雄氏とはそのことを暗黙の了解として、仕事をさせてもらってきた。

なお、編集の刈屋琢さんには、懐の深いお心づかいを常にいただいていて、この書が成ることを申しそえておきたい。

二〇〇八年四月二十四日　肌寒い春の夕べに

石牟礼道子 Ishimure Michiko

一九二七年、熊本県天草に生まれ、水俣で育つ。詩人・作家。二〇一八年歿。一九六九年に公刊された『苦海浄土　わが水俣病』は、水俣病事件を描いた初の作品として注目される。一九七三年マグサイサイ賞、一九九三年『十六夜橋』で紫式部文学賞、二〇〇一年度朝日賞を受賞。『はにかみの国――石牟礼道子全詩集』で二〇〇二年度芸術選奨文部科学大臣賞を受賞。二〇一四年、後藤新平賞受賞。初めて書いた新作能『不知火』が、東京・熊本・水俣で上演され、高い評価を受ける。石牟礼道子の世界を描いた映像作品として、「海霊の宮」（二〇〇六年）、「花の億土へ」（二〇一三年）がある。

『石牟礼道子全集　不知火』（全一七巻・別巻一）は二〇〇四年四月から刊行され、一〇年の歳月をかけて二〇一四年五月に完結した。この間に『石牟礼道子・詩文コレクション』（全七巻）や『最後の人・詩人高群逸枝』『葭の渚――石牟礼道子自伝』『不知火おとめ――若き日の作品集 1945-1947』『石牟礼道子全句集　泣きながら原』（俳句四季大賞）などを刊行。また、三部作を一冊にした大著『苦海浄土　全三部』、および取材紀行文・インタビュー等をも収録した『完本 春の城』が刊行されている。（以上藤原書店刊）

多田富雄

Tada Tomio

一九三四年、茨城県結城市生まれ。東京大学名誉教授。専攻・免疫学。元・国際免疫学会連合会長。一九五九年千葉大学医学部卒業。同大学医学部教授、東京大学医学部教授を歴任。七一年、免疫応答を調整するサプレッサー(抑制)T細胞を発見、野口英世記念医学賞、エミール・フォン・ベーリング賞、朝日賞など多数受賞。八四年文化功労者。能に造詣が深く、舞台で小鼓を自ら打ち、また『無明の井』『望恨歌』『一石仙人』などの新作能を手がけている。

二〇〇一年、出張先の金沢で脳梗塞に倒れ、右半身麻痺と仮性球麻痺の後遺症で構音障害、嚥下障害となる。二〇一〇年歿。

著書に『多田富雄コレクション』(全五巻、藤原書店)のほか、『免疫の意味論』(大佛次郎賞)『生命へのまなざし』『落葉隻語　ことばのかたみ』(以上、青土社)『生命の意味論』『脳の中の能舞台』『残夢整理』(以上、新潮社)『独酌余滴』(日本エッセイストクラブ賞)『懐かしい日々の想い』(以上、朝日新聞社)『全詩集 歌占』『能の見える風景』『花供養』『詩集 寛容』『多田富雄新作能全集』(以上、藤原書店)『寡黙なる巨人』(小林秀雄賞)『春楡の木陰で』(以上、集英社)など多数。

この往復書簡は、学芸総合誌『環』第二五号（二〇〇六年春）〜第三二号（二〇〇八年冬）に連載された。

第九信、第十信は書下ろし。

言《こと》魂《だま》

2008年 6 月30日　初版第 1 刷発行©
2021年12月20日　初版第 9 刷発行

著　者　石牟礼道子
　　　　多田富雄

発行者　藤原良雄

発行所　株式会社 藤原書店

〒 162-0041　東京都新宿区早稲田鶴巻町 523
電　話　03（5272）0301
FAX　03（5272）0450
振　替　00160 - 4 - 17013
info@fujiwara-shoten.co.jp

印刷・製本　中央精版印刷

落丁本・乱丁本はお取替えいたします
定価はカバーに表示してあります

Printed in Japan
ISBN978-4-89434-632-1

❸ **苦海浄土** ほか　第３部 天の魚　関連エッセイ・対談・インタビュー
「苦海浄土」三部作の完結！　解説・加藤登紀子
608 頁　**6500 円**　◇978-4-89434-384-9（2004 年 4 月刊）

❹ **椿の海の記** ほか　エッセイ 1969-1970　解説・金石範
592 頁　**6500 円**　**品切**◇978-4-89434-424-2（2004 年 11 月刊）

❺ **西南役伝説** ほか　エッセイ 1971-1972　解説・佐野眞一
544 頁　**6500 円**　**品切**◇978-4-89434-405-1（2004 年 9 月刊）

❻ **常世の樹・あやはべるの島へ** ほか　エッセイ 1973-1974　解説・今福龍太
608 頁　**8500 円**　◇978-4-89434-550-8（2006 年 12 月刊）

❼ **あやとりの記** ほか　エッセイ 1975　解説・鶴見俊輔
576 頁　**8500 円**　**在庫僅少**◇978-4-89434-440-2（2005 年 3 月刊）

❽ **おえん遊行** ほか　エッセイ 1976-1978　解説・赤坂憲雄
528 頁　**8500 円**　**在庫僅少**◇978-4-89434-432-7（2005 年 1 月刊）

❾ **十六夜橋** ほか　エッセイ 1979-1980　解説・志村ふくみ
576 頁　**8500 円**　◇978-4-89434-515-7（2006 年 5 月刊）

❿ **食べごしらえ おままごと** ほか　エッセイ 1981-1987　解説・永六輔
640 頁　**8500 円**　◇978-4-89434-496-9（2006 年 1 月刊）

⓫ **水はみどろの宮** ほか　エッセイ 1988-1993　解説・伊藤比呂美
672 頁　**8500 円**　**品切**◇978-4-89434-469-3（2005 年 8 月刊）

⓬ **天　湖** ほか　エッセイ 1994　解説・町田康
520 頁　**8500 円**　◇978-4-89434-450-1（2005 年 5 月刊）

⓭ **春の城** ほか　解説・河瀬直美
784 頁　**8500 円**　◇978-4-89434-584-3（2007 年 10 月刊）

⓮ **短篇小説・批評**　エッセイ 1995　解説・三砂ちづる
608 頁　**8500 円**　**品切**◇978-4-89434-659-8（2008 年 11 月刊）

⓯ **全詩歌句集** ほか　エッセイ 1996-1998　解説・水原紫苑
592 頁　**8500 円**　**品切**◇978-4-89434-847-9（2012 年 3 月刊）

⓰ **新作 能・狂言・歌謡** ほか　エッセイ 1999-2000　解説・土屋恵一郎
758 頁　**8500 円**　◇978-4-89434-897-4（2013 年 2 月刊）

⓱ **詩人・高群逸枝**　エッセイ 2001-2002　解説・臼井隆一郎
602 頁　**8500 円**　**品切**◇978-4-89434-857-8（2012 年 7 月刊）

別巻 **自　伝**　〔附〕未公開資料・年譜　詳伝年譜・渡辺京二
472 頁　**8500 円**　◇978-4-89434-970-4（2014 年 5 月刊）

"鎮魂"の文学の誕生

「石牟礼道子全集・不知火」プレ企画

不知火《しらぬひ》

〔石牟礼道子のコスモロジー〕

石牟礼道子・渡辺京二
大岡信・イリイチほか

インタビュー、新作能、童話、エッセイの他、石牟礼文学のエッセンスと、気鋭の作家らによる石牟礼論を集成し、近代日本文学史上、初めて民衆の日常的・神話的世界の美しさを描いた詩人の全体像に迫る。

菊大並製　二六四頁　二二〇〇円
（二〇〇四年二月刊）
◇978-4-89434-358-0